博雅文庫

廣博的知識開擴視野；典雅的文章提昇心靈

閱讀博雅——享受知識的樂趣

博雅文庫

# 詩中天地寬

—— 向明◎著

臺灣商務印書館

# 「博雅文庫」序

臺灣商務印書館
董事長 王學哲

每一個文明國家，都應當有一兩家出版社，足以代表這個國家獨特的文化。商務印書館自從一八九七年創辦以來，始終以文化事業為己任。本館在台灣創立近六十年，出版圖書超過萬種，成為台灣主要的出版重鎮。

「博雅文庫」是一個兼具知識性、文學性與趣味性的文庫。其內容包含文學、歷史、哲學、政治、社會、法律、財經、宗教、醫學、生化……等範圍浩大廣博，表達的方式趣味典雅，所以稱之為「博雅文庫」。本館特邀請吳涵碧女士主編這套文庫，涵碧女士曾經在文化界服務多年，著有「吳姐姐講歷史故事」五十冊，對於企畫約稿別具慧眼，她一直認為追求知識是社會進步的動力。但是追求知識首先要讓讀者對書籍產生興趣。因此本文庫固然是知識性叢書，卻能引人入勝。

「博雅文庫」的作者群，除了執牛耳的學者、作家，更網羅不同領域的專家，凝結其平生所得，成一家之言，所以「博雅文庫」景緻多變，燦爛雋永，誠如先父王雲五先生所言「以出版提昇文化」。

# 目錄

# 輯一：詩的探索

# 獻給詩人的種種話語

然而詩人從來就沒永遠那麼幸運，
詩也總會有令人不滿意之處。
首先柏拉圖的「理想國」裡就沒有詩人的位置，
因為詩人的意見最多……

世界上沒有太陽
那衹是詩人居住的洞穴
大地的裂縫呵！那是詩
你身體中的寄居物
你說，我的胸脯很清澈

可以種玫瑰嗎!?
可以載你回故鄉嗎!?

當天空宴請你的時候
如果河流，橡樹，梔子花！
不夠擺滿一桌，把我也算了吧！

詩人這個行業最受大家關注，各種貶抑折損恭維包容的評價都可非常廉價的加諸在詩人頭上。這首詩是善意的，崇仰的，詩題叫做〈獻給詩人〉，是一位剛寫詩不久，曾經參與過青春詩會的女詩人芷泠所寫。這位小女生對詩人的認定非常奇特，認為光熱之源的太陽是詩人居住的地方。這比從前形容偉大的領袖「你是太陽你是鋼」來得比較夠技巧，也有詩意。小女生對詩的看法也很出衆，先說「大地的裂縫呵！那是詩。」接著又說「你身體中的寄居物」，造成一物兩解的迷惑。不過兩解也都有它可解之處，美國詩人桑德堡曾把詩的形象作了類似的比喻：「詩是一扇門剎那間一開一闔所見到的一切」，門縫中，裂縫中看到的東西總不全面真切，詩本就是這樣矇矇朧朧，似真似幻。至於把詩說成是身體中的寄居物，則是把詩形象化的形容，我記得我曾大言不慚的說：「寫詩寫到我這樣的年齡，詩就像身上的排洩物一樣的自然流出，遇熱會流汗，過冷會打噴嚏，痛苦會流眼淚，有感動就會有詩寫出來。」這些不是身體中的寄居物是什麼？詩的三四兩段是小女生浪漫情懷的表述，她把詩人對她的恭維，外界對詩人的期待，都推想到自身的參與，因此當詩人說她「胸脯很清澈」，其實也就是說她「胸無陳腐」時，她便反問「可以種玫瑰嗎？可以載你回故鄉嗎？」當自然界的繁華似錦像在為詩人設宴時，她也願湊一份她的心願。總之整首詩寫的都是對詩及詩人的形象一廂情願的高估，這是初初寫詩，尚是滿懷理想的文藝青年的憧憬。

然而詩人從來就沒永遠那麼幸運，詩也總會有令人不滿意之處。首先柏拉圖的「理想國」裡就沒有詩人的位置，因為詩人的意見最多，動不動就吵嘴，對於主張和平的理想國，詩人這號人物實在不夠理想。哲學家尼采也不喜歡詩人，說：「詩人嗎？最愛撒謊。」還有西方評論家認為「詩人是七彩煙霧的製造者」。我們的人權教父柏楊早年曾罵新詩是「猴子打翻鉛字架」，至於非文學的專家學者站在專業的立場來看新詩、則偏見更深。英國最有名的詩人濟慈曾有一首非常美的抒情詩〈秋之頌〉，其中有幾句是這樣描述：

於是蟲兒們響起悲慟的大合唱
小蚊子
也在河邊柳條中，
發出悱惻哀音。牠們
騰上
或落下，隨著輕風而昇沉。

這段描寫尋常自然景色的詩，但在科學家眼中是詩人對自然奧秘的無知，他們認為蚊蟲的騰上落下實與輕風無關，而是蚊蟲的一種求偶方式，蚊蟲為了誘惑對方而做出一種有節奏的動作。科學家也研究詩人，結果發現詩人內心衝突多，都是「短命鬼」，是所有文學創作者中壽命最短的，平均僅有六十二歲，而且自殺而死的最多。

紀弦先生是臺灣現代派詩人的始祖，今年已經九十有二。他的一生爭論最多，但張愛玲的一篇〈詩與胡說〉不但「欲揚先抑」了當時名為路易士的紀弦，而且一竹篙打翻一船當時剛冒出頭的新詩人。這篇載於一九四四年八月號的〈雜誌〉上的評文說：「第一次看見他（紀弦）的詩，是在〈雜誌〉的（每月文摘）裡的〈散步的魚〉，那倒不是胡說，不過太做作了一點。小報上逐日笑他的時候，我也跟著笑，笑了很多天。在這些事上，我比小報還要全無心肝。」拉拉雜雜損了一頓之後接著說：「但是讀到了〈傍晚之家〉這首詩之後，我又是一番想法了，覺得不但〈散步的魚〉可以原諒，就連這人一切幼稚惡劣的做作也應當被容忍了。因為這首詩太完全：

傍晚的家有了烏雲的顏色，
風來小小的院子裡
數完了天上的歸鴉、
孩子們的眼睛遂寂寞了。
晚飯時妻的瑣碎的話——
幾年前的舊事已如煙了，
而在青菜湯的淡味裡、
我覺出了一些生之淒涼。

張愛玲接著點評出幾句有褒有貶的話。她說：「路易士最好的句子全是一樣的潔淨，淒清，用色吝惜，有如墨竹，眼界小，然而沒有時間性，地方性，所以是世界的，永久的。」在拉雜再說幾段詩之後，張愛玲趁勢對當時整個新詩大大的折損一番。「在整本的書裡找到以上幾句，我已經覺得非常之滿足。因為中國的新詩，經過胡適，經過劉半農、徐志摩，就連後來的朱湘，走的都像是絕路。用唐朝人的方式來說我們的心事，彷彿好的都已經給人說完了，用自己的話呢、不知怎麼總說得不像話，真是急人的事。」張愛玲先對路易士比較新的語言寫的詩〈散步的魚〉視為做作，又說〈傍晚之家〉眼界小，後來又說胡適，劉半農那些先行者路已走絕，不知怎麼總說得不像話。左也不是，右也不是，前進不是，又不能原地踏步。新詩到底要怎麼走呢？不過已經為新詩走了一生的紀弦似乎從來也不在乎。他的一生寫的詩似乎在告訴大家，不管「張說」、「胡說」，自己走自己認為該走的路最要緊，那管旁人說短長。

# Who is A Poet?

「誰是詩人？」這恐怕是大哉問。就像《聖經》中耶穌對一些暴民要拿石頭砸一個妓女時的那一問：「你們之中誰自認無罪的就拿石頭砸吧！」一樣的問得人難以啟齒承認。詩人這個頭銜太沉重了，誰也當不起，除了狂妄，誰敢答稱：Yes, I am。波蘭一位詩人塔德悟盧・羅塞維茲(Tadeusz Rozewicz)曾經認為詩人要同時既是詩人，也不是詩人，如此才可和一般人過世俗生活。為此他還寫了一首詩來詳細解答，題目就叫〈誰是詩人？〉。由於他本是一個有虛無色彩，常常表現既無奈又矛盾情緒的人，因此他的詩也充滿著既這又那的矛盾語句：

詩人是寫韻文的人
也不是寫韻文的人

詩人是甩掉鐐銬的人
也是給自己戴上鐐銬的人

詩人是會相信人的人
也是無法使自己相信的人

詩人是撒過謊的人
也是曾被人撒過謊的人

是曾有意下跌的人
也是自我向上的人

詩人是嘗試離去的人
也是無法離去的人

——（陳瑞山譯）

這位波蘭詩人素有「反詩的詩人」之稱，不過他這樣描寫出來的詩人面貌，卻也正是既要作詩人，又要作非詩人之間的兩難處境。也是波蘭詩人，諾貝爾文學獎得主米洛兹也曾在得獎時説過類似的話。他說：「詩人有一些基本的矛盾。一方面他要對一切保持距離；另一方面他又必須和人們打成一片。我多麼希望能消除這個矛盾。詩人既能翱翔於地球之上，同時又鉅細靡遺的觀察它。」我想詩人大概真是必須這樣有點黏，又有點不黏的生活下去，然後詩才能在這種微妙均勢下脫穎而出吧？大詩人幾乎無不是如此被拉扯掉一生。

## 詩人不自負不狂妄　是自信滿滿的流露

本來詩人的通病就是既能自覺不敢自稱詩人，卻又巴不得被別人尊為詩人或叫一聲詩人。於是詩人常以「詩人」為題替詩人造像，其實是反映他自己焦躁的心境與想望。我在四十八歲的時候眼看已被「時間壓傷」，不能繼續作戰士，只好改行學寫詩，我也曾寫出我心目中的詩人：

總是不良於行的一種氣候
從鄰家阿良的那雙淚眼中

看不見你時
好想你時
四樓的高處總會提醒
你就那麼瀟脫走入風景

你在哪裡
你去哪裡
誰也不會過問

可以想見的是
你當是一種
慣於選擇季節的候鳥

在振翅欲飛之前
總有
一種聲音

可以說，我那時眼中的詩人是那種自由自在捉摸不定的高人，唯一卑微的願望是「總有一種聲音」。這大概是軍中生活過久壓抑的一種反射吧！真應驗了黃永武所說的那句「詩境即心境」。但我不敢自承就是那樣的詩人。

根據我的觀察，其實要作詩人，要作一個萬人齊仰望的偉大詩人，最主要的是先要懂得自我肯定，像洛夫那樣「當我跳進一口水缸／整個世界沸騰起來」；又如余光中所言「凡我至處，反對之聲必蜂起／皆嗡嗡，皆營營／一團憤怒之雲遂將我圍困／一舉步一個新的戰爭」，這都是作為一個真正詩人的必要勇氣。這不是自負，也不是狂妄，而是自信滿滿的流露，當然如沒有真功夫作後盾，是不敢這樣大言不慚的。為此，當我看到青年女詩人顏艾琳最近發表的〈詩人〉一詩後，便不會覺得有什麼不妥，反而認為這小妮子已憑自己的不斷努力，擠入重要詩人之林。她的〈詩人〉是這樣寫的：

我知道不會沒沒無名，
當其他人複頌我的緋聞
跟討論我的作品，
一樣頻繁、扭曲之外
歷史早因更大的誤解，
將我寫入風流的辭典。

每出版一本書，
便完成另一座墓碑。
嫉妒我的文人，
將我魔鬼化
而讀者卻視我偶像。

我年紀輕輕，

已是活著的
神

這首詩的口氣是很自負的，傲氣沖天的，年紀輕輕已是神的位置，想不萬人齊仰望也難。然而不管作者寫的是自己還是反諷他人，她已將詩人中的一種典型活化出來，而且應是人物詩的上乘作品，可能比直接答應：Yes, I am 更當仁不讓。

## 詩不一定要寫在紙上　但要刻在心上

我讀過的另一首詩人寫詩人的詩，可能才真正是詩人應具的規格。事實上他已將詩人這一號人物形而上化了。這首詩是出自一位湖南不太知名的詩人鄭卜豪之手，刊在《笠》詩刊第二一三期。我讀了之後，肯定有這樣的詩人，而且多得不得了，只是他們從不稱自己為詩人，甚至也不曉得自己是個詩人。因為這樣的詩人：

不一定都寫詩
甚至，也不一定識字

不用廉價的筆墨
而是用生命的全部

名字不一定用在紙上
卻都刻在心的豐碑

他們可能就是你我的鄰居
而我們卻未必相識

# 寫詩難得一字穩

詩中用字一毫不可苟，
倘一字不雅，則全篇皆廢也。
可見這是牽一髮而動全身的事，
詩人不可不慎。

寫詩純靠鍛字鍊句功夫的深厚，一點也馬虎不得，一馬虎就少了火候，詩就出不來。一位論詩的古人就說過：「詩中用字一毫不可苟，倘一字不雅，則一句不工，一句不工，則全篇皆廢也。」可見這是牽一髮而動全身的事，詩人不可不慎。唐朝的詩人盧延讓就很感慨的說：「莫話詩中事，詩中難更無，吟安一個字，撚斷數根鬚。」我年輕時寫詩，寫到苦思不得一個穩妥之字時，當時無鬚可撚。拔鼻孔溢長的鼻毛倒是常事，朋友笑我是在為詩自殘。清朝大詩人袁枚也有詩訴說成詩之苦，他說：

愛好從來著筆難，一詩千改始心安。
阿婆尚是初笄女，頭未梳成不許看。

袁枚把寫詩求好一改再改，就像一個初學打扮的女生一樣，頭髮尚未梳成個樣子，是不會隨便走出來讓人看的，可見他作詩的謹慎。王安石有一首很出名的七言絕句〈泊船瓜州〉：

京口瓜州一水間。鍾山只隔數重山。
春風又綠江南岸，明月何時照我還。

王安石這首詩之所以出名，全在詩中的一個字上。原來有人發現了詩的手稿，從草稿中可以看出，其中的第三句的「綠」字，最初寫的是「到」字、「春風又到江南岸」。王安石親筆註上「不好」，圈去「到」字改為「過」字、仍認為不妥，又改為「入」字。後來又改「入」字為「滿」字，改來改去最後才決定這個「綠」字，果然不同凡響，詩便讓人喜愛起來。「綠」字之妙在於它不像前面所改幾個字均為動詞，用在這裡是理所當然之事，而綠字是形容詞，大膽地將形容詞當動詞用，在修辭格上叫「轉品」，造成一種帶色彩的動態美感，照現在造詞的方法，綠字即是「綠化」的意思，豈能不新鮮討喜？然而豈不知王安石這樣費心的求巧，卻並非他獨創，唐朝大詩人李白早就有「東風已綠瀛洲草」之句。對此，學問淵博的錢鍾書便挑王安石的毛病說：「王安石的反覆修改是忘記了唐人的詩句而白費心力呢？還是明知這些詩句有心立異呢？」當然學問也一樣大的王安石不至於沒有讀過李白的詩，但看他一改再改才定稿為「綠」字，只能算是巧合中意，絕不是有意模倣。

說到詩的鍛字鍊句。俄國早年的名詩人馬雅可夫斯基曾經有過很好的比喻：

寫詩——
就像煉鐳
煉一公分鐳
就得勞動一年
只為了一個字眼

要耗費
千百噸
字彙的礦物

可見不論古今中外，優秀的詩人都在「一詩千改始心安」上下苦功。我很榮幸看到過我們同時代詩人周夢蝶和洛夫的手稿。我們常讚佩說某人寫稿字跡清秀，文章寫得有條不紊，這種情形絕對不能求之於這兩位大師身上，我常笑說他們兩人是在作塗鴉比賽，白色稿紙上常常已改成一片漆黑，少數幾行露白的地方便是千改萬塗後留下的詩句。周公的這種原稿曾經在〈詩路〉網站上留下真跡供人欣賞、洛夫是臺灣追求超現實主義寫作技巧最早的傳人。超現實主義寫作有所謂利用潛意識寫詩或自動寫作，而洛夫卻並未遵奉此法，而仍採「語不驚人死不休」的傳統老路。於是被稱之為修正的超現實主義。

詩人寫詩鍛字鍊句求得一字之穩，常常由於主觀的蒙蔽或大意疏忽，未能求得更好的進境，這時只要有那旁觀者清的稍一指點，便會雲開月明，溘然大悟，而奉之為「一字師」。唐朝有個和尚叫齊己，很愛寫詩，曾經寫了一首〈早梅〉。請朋友鄭谷提意見。鄭谷看了看他的這兩句詩：

前村深雪裡
昨夜數枝開

然後說：「數枝開已經是開了一段時間，那能算早，改為『一枝』就切題了。最先開的那一枝才是早梅呀！」齊己一聽連說「善哉・善哉」，從此稱鄭谷為師。

元朝著名詩人薩都剌，有兩句詩常常被人讚揚：

地濕厭聞天竺雨
月明來聽景陽鐘

他聽說山東有一位老者對此詩不以為然，便專程跑去求教。老人見詩人親自登門拜訪，便很坦率地問他：「前一句用『聞』，後一句用『聽』，都是用耳朵，不會嫌重複少變化嗎？」薩都剌一聽果然言之成理。便問要怎麼改才好。

老人回答他：「唐朝詩人有『林下老僧來看雨』的句子，把『看』字借來代替『聞』字不好些嗎？」薩都剌聽了之後不得不連聲佩服，稱老人為自己的「一字師」。像這種經一字之指點便使整首詩發光起來的例子還很多。新詩人的年輕一代對詩的語言並不那麼嚴肅，一二十字一行的句子比比皆是，甚至有些詩不分行不斷行整段四四方方像一塊密密麻麻的排字版。這種詩不要說是更益一字，就是拿掉幾行也無礙，誰還管它鍛字鍊句，沒有什麼不可以，只要我喜歡。

# 幸與不幸話詩蹤

惠特曼為代表的民主所寄的是全國廣大的人民，
不是以膚色或思想來區分，
更不管男性或女性。

我們都知道，
有些事我們知道的我們已經知道、
我們同時知道
我們知道的有些事情，其實
並不知道。
就是說
我們知道，世上有些事情
我們並不知道，

但有些事情不知道就是不知道，
那些我們不知道的
我們就是不知道。

這首像繞口令一樣的詩，是華裔音樂家江寶仁從美國國防部長倫斯斐記者會上的多次講話，從中整理出來的。經江寶仁譜曲後，並由名女高音華爾演唱，製成CD，立刻轟動全美，並飄洋過海到別的國家的音樂迷手中。美國國防部長倫斯斐是個文人，不懂得治軍，以致美軍在伊拉克戰場上發生慘絕人寰的虐囚事件。這個時候應該是倫斯斐最鬱卒，最不得意時候。可是他不知道，卻已悄悄地轉運成為一個詩人。在全美報業協會演講的時候，這張為他製作的CD成了他宣揚理念的道具，他說：「從歌詞中，你們可以了解有關這個世界的現狀。」倫斯斐真正幸運，有個捉刀的華人從他破碎的講詞中拼湊出一頂詩人的桂冠，這真是這個後現代狀況下最荒謬的產物。只是我們不知道詩中一直在作「知道」和「不知道」的辯證，要如何從中瞭解到這個世界的現狀。這種近乎所謂「饒舌歌」的詩，是不能作理性分析的。讀這首詩使我想起電視連續劇〈宰相劉羅鍋〉那首主題歌〈故事裡的事，說是也是，說不是也不是〉，到底是或不是，知道或不知道，丟給讀者聽眾去傷腦筋。

倫斯斐真正幸運，有個無聊的華裔文人為他作詞解套，輕易就獲得一頂至高無上的詩人頭銜，美國加州一名國中生寫了一首詩，卻因詩中透露了殺人意圖，被地方法院判拘役一百天，就叫做不幸了。據新聞報導說，這個國中生最近寫了一首詩，詩中說他想帶把槍到學校去殺一個同學，因為這個同學是黑道，具有很危險的毀滅性，他想除暴安良。這首詩被同學看到了，於是報警處理，警方逮捕了這個國中生，加州地方法院以威脅同學安全為由，判他在少年法庭服刑一百天。但這名學生的家長聘請律師為學生辯護，律師說這名學生並無殺人意圖，他寫詩只是他的藝術表達。因此加州地方法院將重審這件案子，以決定寫充滿暴力的詩是否等於犯罪，將於十天之內做出重審的判決。看樣子重審法官會要傷幾天腦筋了。如果說認為他寫的詩祇是藝術表達，並無犯罪意圖，便可免去刑責，則詩人這個頭銜便成了上帝頒的免死金牌。詩人太偉大了。問題是還得看國中生詩人寫的詩是不是真是一件藝術品，真正經過藝術手法處理的詩是不會直通通的說要拿槍殺人的，像倫斯斐在伊拉克讓美軍殺敵又虐囚，他的理念可以美化成那種讓人聽了如醉如癡的轟動效應，那才是真有強烈殺人意圖，祇是經過藝術包裝，讓人不容易識破而已。其實國中階段的青少年心智尚未完全成熟，容易衝動，他在紙上寫了那麼幾行充滿憤怒的字，衹不過是一種發洩而已，就認為那是詩、而且具有犯罪動機，也未免太高估那孩子，小看了詩。

美國是個標榜以人權治國的國家，美國早年的開拓詩人惠特曼是世界大同的號手，他以接近宗教的狂熱，歌頌平凡人民的神聖與莊嚴。他在詩中說：

我歌唱全部的生理
自頭顱到腳趾僅僅是外貌
僅僅是思想都不值得繆斯的青睞
我說整體才更有價值
我同樣歌唱女性和男性

可見以惠特曼為代表的民主所寄的是全國廣大的人民，不是以膚色或思想來區分，更不管男性或女性。但是美國所堅持的這種美德變了。毫無理由的出兵伊拉克，要徹底消滅海珊政權是不為全世界有理性的人所贊同的開始。記得當反戰的號召一出，美國幾乎全體的詩人都群起響應，出版了一本三百頁的反戰詩集，詩人們並發動示威遊行。就在那天，白宮第一夫人也準備發動一批支持所謂反恐戰爭的詩人與反戰詩人對抗，後來因看情勢不對，來參加的詩人不多，始臨時取消。今年二月，旅美詩人非馬在網路上告訴我，他讀到一則消息，布希政府禁止任何人編選來自敵國（如古巴、利比亞、北韓等）的詩，違者罰金五十萬，並監禁十年。非馬大呼一聲：「老天爺！這就是二十一世紀？」其實這不是詩人的不幸，而是人的價值墮落的不幸，人類精神文明被玷辱的不幸。

# 談詩文寫景

用詩來寫景由於語言受到限制，
它必須用意象來凝鍊，
以造境來深化，展現的是一個個畫面，
而且都有人文思想含蘊其中，
可以調動讀的人的想像力。

詩和文都可以寫景，何者為優見仁見智。《紅樓夢》中景物的刻劃非常細膩，具有富貴人家的氣質和美感，但究竟還祇是「寧國府」的人工山水。胡適之先生在為《老殘遊記》的某一版本作序時，特別強調「描寫風景人物的能力」是《老殘遊記》這本書「在中國文學史上最大的貢獻」，他還特別提到第十四回所寫的「雪月交輝景致」。這是老殘遊至山東齊河縣，住了店，黃昏到黃河隄上閒步，在寒氣逼人中；抬頭看山的一段描寫，他寫道：

「抬起頭來看那南面的山，一條雪白，映著月光分外好看。一層一層的山嶺，卻不大分辨得出；又有幾片白雲，夾在裡面，所以看不出是雲是山。及至定神看去，方才看出哪是雲，哪是山來。雖然雲也是白的，山也是白的，雲也有亮光，山也有亮光，只因為月在雲上，雲在月下，所以雲的亮光，是從背面透過來的；那山卻不然，山上的亮光，是由月光照到山上，被那山上的雪反射過來，所以光是兩樣子的。然只就稍近的地方如此，那山往東去，越望越遠，漸漸的天也是白的，山也是白的，雲也是白的，就分辨不出什麼來了。老殘對著雪月交輝的影子，想起謝靈運的詩，『明月照積雪，北風勁且哀』兩句，若非經歷北方苦寒景象，那裡知道『北風勁且哀』的個『哀』字下得好呢？」

這一段被胡適之先生認為是中國文學史上最大貢獻的描寫，雖然表現出作者有很細緻的分析力，有如畫家在面對一幅畫時解析光影的層次，但到底還祇是平面的形容描述，一種忠實的散文筆法。清代吳喬在〈圍爐詩話〉中曾說：「意思，猶五谷也。文，則炊而為飯；詩，則釀而為酒也。」意思是同樣的題材，因處理的方法不一樣，有些可以煮成飯，讓人飽肚；有些可以釀成酒，使人陶醉。

因之以散文筆法寫成的「雪月交輝景致」如以詩的語言表現肯定會更精彩，茲舉一例。現在且看王維所寫的〈桃源行〉一詩：

漁舟逐水愛山春，兩岸桃花夾古津。
坐看紅樹不知遠，行盡青溪不見人。
山口潛行始隈隩，山開曠望旋平陸。
遙看一處攢雲樹，近入千家散花竹。
樵客初傳漢姓名，居人未改秦衣服。
居人共住武陵源，還從物外起田園。
月明松下房櫳靜，日出雲中雞犬喧。
驚聞俗客爭來集，競引還家問都邑。
平明閭巷掃花開，薄暮漁樵乘水入。
初因避地去人間，及至成仙遂不還。
峽裏誰知有人事？世中遙望空雲山。
不疑靈境難聞見，塵心未盡思鄉縣。
出洞無論隔山水，辭家終擬長游衍。

自謂經過舊不迷，安知峰壑今來變。
當時只記入山深，青溪幾度到雲林？
春來遍是桃花水，不辨仙源何處尋？

我們一看王維這首十九歲時寫的七言樂府詩是有所本的，從裡面的詩句「居人共住武陵源」便知這是取材自陶淵明的敘事散文〈桃花源記〉。他是將散文的內容改用詩歌的方式表現出來，用另一種藝術語言加以再創造。散文長於敘事，只需將故事有頭有尾，時間，地點，人物，事件都交待得具體清楚，明明白白，就如〈桃花源記〉所記載的「晉太原中武陵人捕魚為業，緣溪行，忘路之遠近，忽逢桃花林」一直源源本本到「南陽高士，欣然規往，未果，後遂無人問津。」等等，一次誤入迷津的好奇之旅忠實道出即可。然而用詩的方式來寫就不能這樣絮絮叨叨具體的寫了。用詩來寫景由於語言受到限制，它必須用意象來凝鍊，以造境來深化，雖然同是武陵源中的種種切切，詩中展現的卻是一個個畫面，而且都有人文思想含蘊其中，也就是能達到情景交融的美感，可以調動讀的人的想像力，去玩味，參與，陶醉其中。

詩帶給人的感受是要比文更豐富多彩些的。人言王維的「詩中有畫」，這首以形象的畫面來開拓的詩境可以證明蘇東坡此言的不虛。我們且看〈老殘遊記〉中「雪月交輝景致」的這一段，到末了老殘還得引謝靈運的兩句詩「明月照積雪，北風勁且哀」來壓陣，使寫了半天的景回到人文思考上來，便可知詩能為文帶來深厚的感染力，和思想深度。

# 女子弄文誠可敬

好詩絕對不會一定出自皇宮貴戚，
反倒多來自平民百姓，
下里巴人、無他，
生活經驗愈豐富的人，
愈才寫出好作品。

一本「文學自由談」雜誌中有〈女詩人的膽量〉一文，說道中國詩壇歷來存在「三少一大」的現象。「三少」者即女詩人少，女詩人寫愛情詩少，女詩人寫愛情的名篇佳作少。「一大」是女士寫愛情詩的膽量比男士大。接著作者說李清照是古典女子詩詞界的大姐大，她披露和描寫愛情的程度在當時的社會背景下，堪稱「先鋒」、「前衛」。但是無所顧忌，公開以色相為旗號的，是那些生活在下層社會的非良家婦女，包括薛濤、李治（應為李娃）、魚玄機等亦文亦娼的「美女詩人」。

對於這篇所說的「三少」我只想引用宋朝女詩人朱淑貞所著〈斷腸詩詞〉中的一首「自責」為之辯護。詩曰：

女子弄文誠可罪，那堪詠月更吟風。
磨穿鐵硯非吾事，繡折金針卻有功。
悶無消遣只看詩，又見詩中話別離。
添得情懷轉蕭索，始知伶俐不如癡。

從這首「自責」詩看，可知在當時那個封建宗法社會裡，女人是沒有社會地位的，在家裡也只有生孩子，洗衣煮飯，縫縫補補忙不完的勞務工作，連個讀書識字的機會都沒有，當然更不可能詠月吟風去作詩。因此所謂「三少」應是當然的結果。

至於說到「一大」更是看法偏頗。在古典女詩人中就披露和描寫愛情的程度言，絕對不能獨尊李清照，否則朱淑貞的〈斷腸詩詞〉就不會那麼傳誦不衰了。

同時文中所說那些無所顧忌，公開以色相為旗號的女詩人多為下層社會的非良家婦女一說也太以偏概全。說薛濤、李娃、魚玄機三人為亦文亦妓，亦未盡公允，何況魚玄機從未墜入青樓，祇不過遇人不淑、被迫作了女道士。而薛濤和李娃雖曾為名妓，但均為才女，前者只因父喪家貧，乃墮樂籍，因知音律，工詩詞，乃得與白居易，杜牧相唱和，有自製的薛濤箋，並有詩五百首傳世。至於李娃，由於其捨身救人的義舉，後不但從良，且因助夫顯貴，而被封為汧國夫人，元、明兩朝均有劇作家將其事蹟編成戲劇傳頌。其實詩人身份的貴賤與詩作的好壞無關，好詩絕對不會一定出自皇宮貴戚，反倒多來自平民百姓、下里巴人、無他，生活經驗愈豐富的人，愈才寫出好作品。

前說寫〈斷腸詩詞〉的朱淑貞亦非出生官宦之家，早歲不幸父母失審，未能擇得佳偶，乃嫁市井民家為妻，故一生抑鬱不得志，乃有臨風對月，觸目傷懷，悒悒抱恨的斷腸詩作。但通篇絕無無所顧忌的濫情。近讀明・江進之的〈雪濤小書〉之「閨秀詩評」二十四家中，除魚玄機，朱淑貞，朱希真，花蕊夫人較為人知外，其他均無藉藉名，多為民女，甚至亦有營妓，歌姬之類。據江進之在書前短序中說：「余生平喜讀閨秀詩。然苦易忘。近摘取佳者數首，各為品題，以見女子自攄胸臆，尚能為不朽之論，況丈夫乎。」茲錄兩家兩首以示其「尚能不朽」之處：

情同牛女隔天河，又喜秋來得一過。
歲歲寄郎身上服，絲絲是妾手中梭。
剪聲自覺和腸斷，線腳那能抵淚多。
長短只依先去樣，不知肥瘦近如何。

這首詩是洞庭湖畔一位劉氏所寫，劉氏的丈夫葉正甫在遠方服役。那時候在外戍守的人，所有的衣服都是家裡面做好寄去或托人帶去的。此詩是在寄衣時附上，表露出為妻的相思之苦，及織布裁衣的心情。其中「剪聲自覺和腸斷，線腳那能抵淚多」兩句壓縮了多少難言之痛、分離之情在其中。這種親情比血還濃的詩，絕對是不朽的。

下面這一首詩是金詩人元好問的妹妹元氏所寫，題目在古詩中即非常難得的生活化〈補天花板〉：

補天手段暫鋪張
不許纖塵落畫堂

寄語新來雙燕子
移巢別處覓雕梁

元氏雖是詩人的妹子，卻自有主張作了女冠（女道士），據說有一位自認才高八斗的張平章（平章是官名。次於宰相之職）想娶她為妻，暗地打探，看到此詩，連話都說不出，自動打退堂鼓。大概是怕淪為「纖塵」吧？可見女性詩人的詩也有不可輕忽的力道。我要把朱淑貞〈自責〉詩中那一句改成「女子弄文誠可敬」。

# 刻骨銘心的現代情詩

把你的影子加點鹽
醃起來
風乾
老的時候
下酒

提到這些年來，臺灣出現的情詩，當屬夏宇這首〈甜蜜的復仇〉最風光，最受人記憶。也是各種詩選和詩學教材必選的一首詩。這首詩打從題目開始便會令人耳目一新，復仇應該是一種「痛苦」的行動，而今卻反而是「甜蜜的」，真正應了馬克斯那句「既矛盾又統一」的瘋話。而內容更是匪夷所思，一反常情。空幻的影子怎麼可能用鹽醃來風乾下酒？從不可能或從不該如此之處下手，造成所謂的「超現實」效果，似乎是夏宇所堅持常用的獨特語法。其實李商隱的「春蠶到死絲方盡，蠟炬成灰淚始乾」也是同樣的是要使「用情」深入到刻骨銘心。超現實手法用得妙便會有如此創意的傑作，用得不得法便會晦澀難懂。

另外我發現一首也是愛到「天長地久」的情詩，那是黃惠真的〈願〉：

我願意
端坐於一件青瓷面前
與他隔著玻璃
守候
守到自己化為一種土
可以讓巧匠製成另一件
青瓷
放在他旁邊

黃惠真這一「願」，可能比白居易的「在天願作比翼鳥，在地願為連理枝」更為幽深纖廣，直可如龔自珍所寫「落紅不是無情物，化作春泥更護花」一樣的癡情。即使自己化成一堆泥土，依舊還愛戀著他，護衛著他。黃惠真更進一步化土以後，還情願燒成另一個他，放在他旁邊長相廝守，這種相愛的堅貞，真是天人可鑑。

最近讀詩又讀到一位年輕女詩人鄒明珠所寫的情詩。這位煙臺女子所寫的情詩卻又更是「愛到深處無怨尤」，隨便任你宰割都可以的了。譬如短短只有兩行的〈愛情〉，便是有如此的大膽開放：

贈你一把刀
然後由你一點一點切我

另外她的一組〈致你〉的詩也是情意綿綿的任憑你擺佈、只要你喜歡，一切聽你的甜言蜜語：

一

第二次
你沒帶傘來
天邊已是雷聲滾滾
拚命紡著黑色的雲朵
田野裡站著收割了半壟的穀物
遙遠的淚滴不進海裡
就變不成珍珠
你走吧

你卻笑了
說你是傘柄
說整個天空都是你為我撐著呢

二
臨別

你吻了我的手
從此
我戴上了一枚再也摘不掉的戒指

我曾強調過，好的情詩必須自然、喜悅，不脫詩的質地，最主要還必須有趣味，會讓對方眼睛一亮，心頭一驚，抬起冷冷小手給你輕輕一擊，或罵聲死鬼，那才是情詩應具的音效。鄒明珠這幾首〈致你〉一輯共五首，生活化的情詩便有這種親切感。

# 模倣是添一道皺紋

臺灣電視綜藝節目的「模倣SHOW」自上世紀末以來風行得如火如荼，看後不得不驚嘆那些表演者一個個真是表演天才，模倣得與本尊幾乎一模一樣，但也衹是「幾乎」而已，模倣得再像，也衹是臺上那幾分鐘，下得臺來臉上化裝一洗，身上龍袍一脱，仍然衹是一個拿幾文小酬勞的喜劇演員，一點也當不了真，這便是模倣者的悲哀。臺灣詩壇早在現代詩剛興起時，模倣的風氣也很熾盛，到處都看到「水手刀」，到處都聽到「噠噠的馬蹄」。後來則被席慕蓉的柔情詩所席捲，一時出了好多小席慕容，此風傳到大陸，大陸馬上就出現了一個學「席」的汪國真，據説賣出的詩集比盜印百萬册的席慕容詩集還多。臺灣幾個大文學獎的得獎作品也是左右詩風的模倣對象，下一年的徵獎來稿中，便會有大量上屆得獎作品的影子。

其實任何行當，任何人要成長都離不開模倣。小孩牙牙學語都模倣自大人，我那剛上幼稚園中班的小孫兒自校放學回家，看到媽媽勞累得胃口不好，便大模大樣的對著他媽媽說：「你要多吃飯啱，不然會長不大。」這當然是模倣老師對他說話的口氣。有時候模倣並不是刻意所為，而是習慣或印象深刻所無意造成，古詩中便常常有這種巧合。宋朝王安石的一句「春風又綠江南岸」，中間那個「綠」字的轉品成功便成千古佳句，據說那是刪去「到」、「入」、「滿」等幾個慣用的動詞才選定這個「綠」的形容詞而敲定的。然而豈不知唐代大詩人李白的詩〈侍從宜春苑賦柳色聽鶯百囀歌〉中早就有「東風已綠瀛洲草」之句。對此，愛挑毛病的錢鍾書便有這樣的疑惑，他說：「王安石的反覆修改是忘記了唐人的詩句而白費心力？還是明知道這些詩句而有心立異呢？他選定的「綠」字，是跟唐人暗合呢？是最後想起了唐人詩句而欣然沿用呢？還是自覺不能出奇制勝，終於向唐人認輸呢？」看來，錢鍾書的疑惑雖然振振有詞，但那麼有學問且兩度編過唐詩選的王安石當然不至於沒看到李白的詩，當是因印象深刻而無意中的模倣吧。

柏拉圖霸氣十足，聲稱要把詩人逐出「理想國」。為什麼柏拉圖那麼討厭寫詩的人？柏拉圖認為在形而上的意義上，詩是二手貨，因為詩在「模倣」現實，而現實又「模倣」理念，於是詩無非是「模倣的模倣」。說柏拉圖的觀念偏激麼？其實中國人早就有「天下文章一大抄」的觀念。好像瘂弦也有詩云「今天的雲抄襲昨天的雲」，已故詩壇大老覃子豪先生對詩用「模倣」來寫深惡痛絕。他舉出法國作家紀德在「假托集」中所說：「一個作家每一賣弄，每一作態，每一句俏皮話；每一不必要的幽默，只是使他的作品的面目上多添一道皺紋。」覃氏認為造成賣弄之類作品的產生有兩個因素：「一種出於『模倣』，一種出於『創造』，模倣易，創造難，實則詩絕對不可以模倣。詩係作者自己氣質，性格的表現，抹殺了自己的氣質與性格去模倣別人的作品，只求外貌的相似，而忽視了內在精神的存在，就容易流於賣弄之流。」

大家無不在感嘆，現在看不到好詩。在「揚子江詩刊」上一位李德武評論家卻獨排衆議的說：「這個時代有太多優秀詩人，多到讓人辨識不出彼此的差別。在閱讀中，我最大的困惑不是沒有『好詩』，而是有太多的人寫得『一樣好』。」接著他道出了大家都「一樣好」的原因，認為可能是由於好詩的「可模倣性」太高。他說一首好詩會讓一些稍有語言天賦的人，一夜之間會複製出「另一篇」名作，甚至比他模倣的人寫得更好。他反問詩人為什麼不讓自己寫一點不可模倣的東西呢？優秀詩人做得到的都是一般人也可以做到，他感慨卓然不群的天才詩人太少，獨一無二的詩人太少。其實評論家要求寫詩的人寫一點不可模倣的東西，就一個有個性求上進的詩人言，這應是他寫作最基本的態度，除非苟且或才盡的人，莫不想有新的創造。問題是

「模倣易，創造難」呀，誰個人不去找容易的事做呢？這也就難怪大家一樣好，出類拔萃的就相對太少了。

然而，「自古成功在嘗試」，模倣也是一種嘗試，當模倣複製得也能成為「另一篇」名作時，便也形成了模倣者的一種獨特風格，一種創作態度，不管懂得內情的人承認不承認，那管模倣得像不像，有一句名言也說「不成功的模倣就是創造」，這樣，勤於模倣，堅持以模倣為職志、在也是「創造」的封號下，自然也出類拔萃了。這樣的成名者也為數不少呀！

# 詩人也要撒嬌

## ——認識「撒嬌詩派」

曾經來臺作交換教學的詩評家沈奇說得好：

「詩壇從不缺泡沫，雖即生即滅，卻也裝點了一路的風景。」

……

撒嬌是情人間的一種作態，無非是要討得對方的歡心。六朝時有首〈子夜歌〉，詩中女子極盡陰柔嬌媚之態，大膽得看不出是兩千多年前的作品，詩云：

宿昔不梳頭，
絲髮披兩肩。
腕伸郎膝上，

何處不可憐？

這大概是我們所見到最早的一首「撒嬌詩」。提起「撒嬌詩」這個後現代狀況下出現的新詩種，是由於中國大陸繼「下半身寫作」、「垃圾詩派」之後，又出現了一個「撒嬌詩派」，現正火紅的萬方來朝，風聚雲湧，多少青年詩人都自認是撒嬌情種，在寫撒嬌詩，而評論家們也在推波助瀾，將詩的「撒嬌」風氣推至最高峰。

其實要追究「撒嬌詩派」的來頭，可得回顧到二十年前，當「朦朧詩」崛起之後相繼出現的所謂「現代主義詩群」，這其中就有一個「撒嬌派」，這個詩派有一段宣言，非常醒目，他們說：「活在這個世界上，就常常看不慣，看不慣就憤怒，憤怒得死去活來就碰壁，頭破血流，想想別的辦法，光憤怒不行，想超脫又捨不得這世界，我們就撒嬌。」但是這陣（一九八六年）所謂「第三代詩歌」歷史性的結集，不旋踵即一個個煙消雲散，「撒嬌派」也不例外。就是這樣，這些當時高唱撒嬌的風雲人物歷十八年的沉潛淘洗，終於以嶄新的姿態，於二〇〇三年秋天翩然復活。「撒嬌詩派」當今的掌門人默默原係當年另一詩派「海上詩群」的一分子。現在卻在新創刊的《撒嬌》詩刊發刊詞中闡發了這一詩派的詩學取向：

「一種溫柔而堅決的反抗。一種親密而殘忍的糾纏。一種無奈而深情的依戀；一種對生活與時代的重壓進行抗爭的努力，一種對情緒與語言的暴力進行消解的努力，一種對命運與人性進行裸露的努力。」而且默默還闡釋了所謂「撒嬌」當下的意義。他說：「撒謊、撒野、撒瘋、撒尿、撒網、撒傳單、撒狗血，世界上所有的可撒之物中，只有撒嬌最優雅。詩人何為？一個詩人之於一個社會，正如一個弱小無助的孩童，面對轟然鳴響的人群、物質、聖賢、權利、時尚的踐踏，除了偶爾撒嬌又能如何？」

撒嬌詩派在《撒嬌》詩刊去年夏季號中首先奉唐代詩僧寒山、拾得二人為「撒嬌」鼻祖，刊出寒山與拾得對話的〈忍字歌〉。先是寒山問石得：

世間謗我、欺我、辱我、笑我、輕我、賤我、惡我、騙我，如何處治乎？

拾得答曰：

只是忍他、讓他、由他、避他、耐他、敬他、不要理他，再等幾年，你且看他。

從這一連串的宣言、取向，以及詩僧的對話看，全在對人間世的諸多不滿、不平、不慣而採取的一種無奈、消極態度。而拾得的答話中，更是有所謂「精神勝利法」的傾向，作為一個詩人，面世是否應當這麼孬種虛無，當另作他論，倒是作為一個詩派，如果看不出詩的主張，也就是純有「寫什麼」的口號，而無「怎麼寫」的方法揭示，恐怕是不夠的。我看了一本厚達二百三十四頁的《撒嬌》詩刊，發現其中「封號」特別多，被封的詩人一串數十，譬如被封為「撒嬌大師」的就有十八人，其中為人熟知的有遠在紐約的嚴力，以及屬於「民間詩派」爭論最多的伊沙，而默默本人也被自己封在其中。而「撒嬌新星」一欄即有十五位詩人入選，每選出一人，即在所引作品後，由掌門人默默以「默默有語」加上一兩百字的短評，譬如說某某「從血液繼承了古代才子的風情和風雅，在這一代年輕詩人中無人可比。」又譬如寫到下一個時，便會說「某某注視『鈍角』（此人寫的詩題目叫〈鈍角〉）有點像里爾克注視『豹子』（為德國詩人里爾克的名詩）的鈍角」。總之十五位「撒嬌新星」各贈送一頂名貴的桂冠，讓剛踏入詩寫作這一行的年輕人樂不可支。除了大師和新星之外，尚有「撒嬌二人組」、「撒嬌盟友」和聲勢更為浩大達四十五位詩人的「撒嬌地圖」，全係來自全國各地的對撒嬌詩派景仰的人物。也都個個受到掌門人默默的無尚加持册封。

然則無論任何詩派，就如余光中所戲稱的「蘋果派」也好，還是要從詩的質地去論斷的。被「撒嬌詩派」網羅冊封的詩人無以數計，為了看看實質，我現將「撒嬌大師」和「撒嬌新星」的詩各拿一首供好奇者共賞：

我要在冬天與時俱進
讓原子彈彈尖上開滿臘梅

我要在春天與時俱進
讓每一絨柳絮飄進證券所的大廳
讓老虎與猴子交配出貓熊

我要在夏天與時俱進
讓海鷗飛進孔老夫子的寬袍
讓大雁扎入老子的胸膛

讓蟬鳴喚醒午睡中流淚的默默
我要在秋天與時俱進
讓白雲墮落成地獄的墊腳石
讓落葉昇騰成天堂的門票
與時俱進的召喚呵
讓所有的和尚抱著尼姑在蒼翠的群山上俱進

**默默的詩〈與時俱進〉**

從默默這首「撒嬌」代表作看，我簡直看不出他們宣言中所稱的無奈和受踐踏，而必須作撒嬌態以消解的理由在那裡，反而是野心特大，妄想特奇的在作所謂的「與時俱進」。詩是積極的，亢奮的，一點也不溫柔，一點也不具消解的好意。可以說詩的表現和他們詩派的主張是相矛盾。而詩的建構也只是傳統的排比技巧，加上幾個誇飾的意象，大師級的詩藝應該不止如此。

無非是母子互相遺棄
無非是兄弟自相殘殺
無非是夫妻各自瞞著偷人
無非是鄰里反目
無非是搶劫放火
無非是先奸後殺或者相反
無非是挪用公款
無非是吃喝嫖賭
無非是有意無意多吞了幾個人
他們是可以饒恕的

**游離的詩〈他們是可以饒恕的〉**

這首撒嬌新星寫的詩，其實也「無非」是這後資本主義糜爛社會的寫照，要不是最後那句耐人尋味的反諷，這首短詩的質地是很薄弱的，很像社會新聞的條目總覽，而「默默有語」的點評則認為：「作者對詩歌的赤誠，無人能比。一個敦厚的詩人寫出機智的詩，讓我們明白了什麼叫深藏不露。厲害呀！游離。」

也許我所點出的詩祇是衆多作品中的個案，其實這麼多詩每首面貌不同，個性不同，很難歸類出一個「撒嬌詩派」的共同點。也許這也就是他們大師之一詩人劉漫流在他的「藝術自釋」中所說：「他們本來並不想做什麼藝術家，在他們詩中所做的一切，不過是想恢復人的魅力而已。」但是「人的魅力不等於詩的魅力。詩人最終還得以詩的魅力立身入史。」

曾經來臺作交換教學的詩評家沈奇說得好：「詩壇從不缺泡沫，雖即生即滅，卻也裝點了一路的風景。」現為「民間詩派」的頭號詩人，曾經得過「聯合報文學獎」詩首獎的雲南詩人于堅曾說：「先鋒是自己創造的，它永遠是在創造活動，它不是朝著一個既定的方向前進。」「撒嬌詩派」的詩人們，但願你們不像剛出生不久的「下半身寫作」樣隨即泡沫般消失，你們要用詩的魅力去找到一個既定且明確的方向前進。

# 垃圾也能入詩

垃圾是一種髒臭的廢棄物，人人見之必掩鼻，必皺眉的一種東西，遑論寫文讚美，就是談論時也不會成為話題。但是而今不同了，古詩人絕對不會去碰的垃圾，而今成了詩人筆下的當紅題材，甚至有了專門寫垃圾詩的〈垃圾詩派〉。可見當今詩人對詩題材的開拓，可謂上天入地，無所不往。賈島說「但肯尋詩便有詩」，所說絕對不是誇張。

垃圾又名拉扱，古字為「攋㩧」，極度難寫。辭海垃圾條的解釋是「固形廢物，不能由溝渠排洩者也」。另拉扱條則說「以箕取穢物之義」。現在對垃圾的解釋更是寬容到無所不包。是以名詩人辛鬱以〈垃圾世家〉為總題目，寫了一首二百二十二行的長詩。根據詩人的觀察，當下的世界處處是垃圾，萬物是垃圾，是一種絕對難以排除的人類視覺，觸覺，嗅覺，幻覺上的違章建築。而且就像癌細胞一樣要把整個地球潰爛癱瘓，除死方休。是以在詩人的筆下，垃圾是非常自大，且自命不凡的。在長詩的第一段，垃圾登場時，即這樣說：

我名喚垃圾
綽號廢棄物
凡人跡所至
必有我跟隨
我是集污濁惡臭於一身
是人們掩鼻閉氣
　　皺眉乃至惱恨的對象
總讓人們煞費心機
　　絞盡了腦汁
還想不出怎樣把我滅絕的
良方　除非
人們也像我一樣　被
廢棄

辛鬱這首長詩已在〈創世紀〉詩刊連載，迄至現在已刊出「垃圾詩系列之八」，將來可能超出兩百二十行。此詩一出震懾臺灣詩壇，咸認是難得發現的好詩材，已有學校拿來朗誦，由於主題切合當下時弊，針砭得夠深獲普遍的認同，是以為今年詩壇的一大展現。

今年（二〇〇五）四月十九日文化評論家南方朔在他的〈一砂一世界〉的專欄。曾以題目〈垃圾電子郵件與垃圾詩〉談論當今「垃圾」氾濫的情形。垃圾電子郵件之在網路上出現，其洶湧的程度，已成網上人見人厭的公害，至今尚無有效對策可以抑止。至於垃圾詩，南方朔先生的定義是「一種從壞文法，壞內容的垃圾裡，去兜句子而寫的詩，它讓人有小快樂的自我得意與滿足。」他說在網際網路上每年都有垃圾詩競賽，下面這首詩就曾得過獎：

天父是我的牧人，我不再匱乏
祂讓我能在綠茵裡躺下
祂帶領我到靜謐的水邊
祂恢復了我的信用，免了我的債

只不過區區一七五〇元
如果我能重來
啊，縱使穿過死亡的幽谷
我也不再害怕邪惡，因為祢與我同在
祢的權杖和指揮棒，將安慰我
可以在三星期內讓我的債信倍增
立此為證。

這確實是一首將各種概念拼湊出來的分行詩，很無厘頭，又極抽象、像是河水暴漲後沖積下來的各色漂流物。南方朔說合理的解釋是，當今的世界「小意義」當道，玩玩小語言遊戲，找點自己高興的小快樂，如此而已。

以上兩首「垃圾詩」雖名稱相同，而其指涉各異，辛鬱是以法眼看人間萬相，看出人不像人，倒像垃圾一樣的討厭可恥。強烈批判諷刺的看似指的垃圾，其實是暗喻人的作為與垃圾無異。而南方朔卻指某些詩寫出來只是各種概念拼湊出來無厘頭的一堆垃圾，是說寫的人不夠專業，只尋求滿足一己的快感，至於價值何在，則「管它去！」很顯然的，他是在指網路上隨貼隨即消失的網路詩。

然而垃圾入詩遠不止此兩大個案，一個敲鑼打鼓，聲勢浩大的「垃圾詩派」已經在去年（二〇〇三）成形，目前已有四十多個成員，都來自大陸各地、陸續還有大批同好加入，他們自辦〈垃圾派〉詩刊，已出版兩期；〈垃圾派網刊〉已登出三期，另外單獨出了一本「詩」專號和一本「理論」專號。在沒有介紹他們的主張，宣言和規章前，也許大家會急著要看「垃圾詩派」的詩到底是啥模樣，現在錄下這首題目怪異的〈我特別喜歡驢叫〉：

在最鬱悶的日子裡
我最拿手的好戲是我模倣動物們
發出一陣陣叫聲
這是我二舅教給我的
他教給我公雞打鳴時
他的嗓子是細的，而且很長
他教給我狗叫的時候

他彷彿剛剛吃了一具屍體
他教給我驢叫的時候
他是親自躺在地上
打了滾的，一邊打滾一邊叫

我特別喜歡驢叫
二舅說，你喜歡驢叫是對的
你小子的出息
將在萬人之上
我不明白二舅的話是什麼意思
但無論如何我確實
喜歡驢叫，當我大叫起來
總有成群結隊的人
跑步前來圍觀，拍手，叫好

這首詩的作者是垃圾詩派的好手皮蛋。而據該派的掌門人徐鄉愁對另一位重要垃圾派詩人管黨生的描述，「管黨生的行為可能比他的詩更垃圾些，雖然有人說管的詩只向下了幾厘米，即不太垃圾，甚至說他的詩是『哲理詩』。」我們且看引的這首〈我特別喜歡驢叫〉，除了題目新穎坦然，語言口語得近似散文外，其實內容倒真有點淡淡的哲理，並無垃圾的髒臭，也並非全然是廢棄物。再看其他十首代表性的「垃圾詩派」的詩，也多半祇在題目上驚人，如〈你們把我幹掉算了〉、〈讓一部份人先硬起來〉、〈我堅持屎尿屁的為人民寫作〉等。其內容也祇是一些社會現象的反諷、和對現實不滿的批判。如就表現技巧言倒是比從虛幻的網路而產生的垃圾詩要理性有脈絡多了，雖然不免太口語說白。

然而我們如看「垃圾詩派」提出的主張和宣言就會感到詩真的會被「垃圾」顛覆或革命了。他們的主張中非常坦白的認為：

「垃圾詩派是一個主張崇低，向下和審醜的詩群體。垃圾派一向認為一切事物或多或少都有虛假的成份，只有垃圾才是世界的真實。在中國大陸詩壇，大家會發現從『朦朧詩』到『第三代』到『民間寫作』再到『垃圾派』，中國詩是一個不斷向下的過程。如果說朦朧詩開了一代詩風；具有劃時代的意義，那麼『垃圾派』卻將向下之路走到了底線；中國詩才終於徹底地掉到了地上，所以垃圾派比其他流派和寫法也就更徹底，更義無反顧。」

從這些宣言或主張看，可以說是一種對現今一切徹底失望的表白，要到垃圾中去找這世界的真實，表示這世界比垃圾都不如。然而既然稱之為詩，就要回到詩的本位上來討論，不可諱言，所有的詩都是詩人自身自由意志的呈現，在詩字的前面加上任何的帽子，只能形容那種詩的屬性，但其本質仍應是詩，也就是說「垃圾詩」不能只見垃圾不見詩。詩是一種藝術的結晶，最好沒有任何雜質，縱是「垃圾」入詩也不能例外。至於說中國詩是一個不斷向下的過程，「垃圾派」已將向下之路走到了底線，則也未免太高估自己的能耐了，這種崇低，向下，比醜的口號早在「下半身寫作」提出時便高喊過了，結果不也風光不到一年便自動煙消雲散。他們的失敗不在別的，而是拿不出真正能具代表性的作品來。詩的存在是靠作品出列的。

# 破題而出

## ——發現《保險箱裡的星星》

十位六年級上下的青年詩人出了一本詩選集，要開新書發表會，邀我為他們去站臺推薦一番。我常為我這上了年紀的老蒼頭無論什麼場合，總是被點名講話而煩惱，好像這是我這老人應盡的義務。我問支持這本書出版的隱地該說點什麼好。他說這本書名怪怪的，什麼「保險箱裡的星星」，好多人問我都解釋不清，你就從題目上來著手吧！他大概知道我對詩的題目一向有興趣。我想也好，我就作一番破題而出的解釋吧。

提到這個書名就使我想到俄國詩人馬雅可夫斯基所寫的長詩《穿褲子的雲》。《穿褲子的雲》原名是「第十三個門徒」，書送到衙門檢查時沒有通過，馬雅可夫斯基想了兩年才定下這個怪名，可是卻使這首長詩受到極大的重視。雲是在天空自由自在來來去去，不受任何拘束的，如果把雲穿在褲子裡，可以想像得出是多麼的不自由，多麼的受委屈。馬雅可夫斯基寫這首長詩的時候（一九一九——一五），蘇聯的當代藝術是要「打倒你們的愛情，打倒你們的藝術，打倒你們的制度，打倒你們的宗教」。而他是一個「憎恨一切屍體，崇拜一切生命」的詩人，他這書名的含意是不要活得像「穿褲子的雲」。同樣我們也可以來解釋《保險箱裡的星星》。保險箱是用來藏金銀財寶貴重物品的，而星星是屬於天空，是發亮且運行的。把一顆顆發亮的星星藏在密閉的保險箱裡，就星星言是衣錦夜行，是暴殄天物。就保險箱言是不倫不類，不是適材適用。取此為書名是說這些青人詩人雖然都熠熠有光，可是卻都埋沒在沒被人發現的角落，就像星星藏在保險箱裡。這是修辭學上隱喻的運用。如果說這些詩人就像「保險箱裡的星星」便通俗易懂了。

是什麼原因要說這些青年詩人像保險箱裡的星星呢？詩人白靈在這本詩選的序言裡勾勒出了這些e世代詩人的特色。他的描述非常傳真逗趣。他說：「世紀之交投入詩壇的這些詩人似乎已經注定將『電子化』他們一生。他們消耗青春的方式，是『手指』賽過腳趾；『列印紙』厚過稿紙；『空中漫遊』遠過地面散步；『老實虛碰』多於假假實撞；『即時發表』重於深入閱讀；而『可計次的分眾』較茫茫人海的大眾更讓他們『心裡有數』。」白靈的這一段俏皮的描繪，活活的把這些新新世代的詩人和中老詩人的寫詩路數黑白分明的區別開來。這個gap既複雜且深遠，非常難以逾越，新新世代詩人陶醉在電腦虛擬實境中寫詩的這一大套，正是老老世代詩人抵死也不相信，更不會放下尊嚴一試的楚河漢界。而在「網路詩」尚未普遍發展壯大到威脅「平面媒體詩」的今天，正如白靈所結論的「青年詩人是遲遲難以『一鳴驚人』的，必須一鳴再鳴，甚至十幾鳴之後，才有機會『驚到人』。」

也許青年詩人自己的詩裡吐露出的未被發現的苦惱最直接。這本書中便有這樣的描寫：

「花枯萎以後／蜜蜂才長出翅膀／彩虹出現以前／故事早已臻於終點／……一直到那時，詩句們／才開始被發現」（李長青〈寫詩之為一項實驗〉）

「怎麼我的大唐盛世還未到臨／衰老已率大軍四面八方襲來？」（林德俊〈歷史博物館〉）

但是就我的觀察，六年級的他們是不用那麼急著就要進入大唐盛世去卡位，看看那些早熟的，一砲而紅的天才詩人，有幾人不是曇花一現？如果不堅持，不把詩視為一終身的追求，就是進入大唐盛世也會被人忘記。我倒認為他們之所以視為「保險箱裡的星星」乃是受了詩壇太容易追求新的詩潮的影響。他們稍前一代的部分詩人在刻意追求後現代詩風的助長下，敗壞了很多對詩有理想的人的胃口，使許多人見到青年詩人的詩，便會以為那是同一類型的產品，因而拒絕去親近，怕自己程度不夠，進不去那種高深莫測的詩。我認為這才是他們「更難以施展羽翼」的真正原因。

如果我們不囿於成見，如果我們認真去比較各世代詩人努力的方向，便會發現他們這新新一代詩人是自覺的，是沒有跟著潮流走，也沒有一步一趨的緊跟前行代詩人的足跡。經過內化自省，形式特異乖張顛覆的作品幾乎已經完全迴避，有回歸到素樸抒情的可喜趨勢。最令人眼亮的是他們都活在人間本土，觀照社會變異和思索人在物欲中的去從，而不是在後現代狀況下不見盡頭的與人無關的個人私語。我們只看幾個詩題，如李長青的〈午后與母親散步〉，李懷的〈慎獨〉，林德俊的〈老城市之謎〉和徐國能的〈主婦詩人〉，以及女詩人紫鵑的〈我和我那信手捻來的憂傷——與趙飛燕對話〉，便知這些「保險箱裡的星星」事實上仍未昧於我們悠久的抒情傳統，真是言之有物而不虛無，他們將是從保險箱裡解放出來的星星。

# 從新月到現代

卞老是三〇年代後期出道的詩人。
他上承「新月」，
曾受徐志摩、聞一多的影響。
中出「現代」，
在艾略特作品啟迪下，
活用艾氏的「客觀聯繫法」及蒙太奇手法，
以及法國詩人梵樂希的詩體及韻式，
寫出他現代主義風格的詩……

你站在橋上看風景，
看風景的人在樓上看你。

明月裝飾了你的窗子，
你裝飾了別人的夢

這就是三〇年代即已開始成名的詩人卞之琳先生所寫的四行詩〈斷章〉。這首詩寫的都是人們習見的景物，甚至自己也都在景中了，用字淺顯，照說一看就懂。但其中深義是什麼？為什麼總覺得有些蹊蹺，解釋起來頗不那麼簡單，可以說十人十義，十足顯出一首好詩像一顆鑽石會多面發光。早年的文學評論家李健吾說，這首詩關鍵在於「裝飾」二字，表現一種人生的悲哀。但卞老卻不同意這種解釋，他說：「裝飾的意思我不甚著重……我著重在『相對』上。」

我在一篇論〈前輩風範〉文章中討論到這首詩時，曾說出我個人的看法，我說：「這首詩所表現的是人與人間，人與物之間，不論自覺與不自覺都可能互有的牽連。」但很多人都把這首短詩當情詩解讀，一九九一年十一月初，我趁赴北京探親之便，去探訪這位詩界前輩，問他這首詩，他謙稱這是他的少作，但他否認是首情詩，他說遠遠超過男女牽情的意義。他是要寫世間人物、事物的息息相關相互依存，相互作用。名詩人余光中先生在〈詩與哲學〉一文中曾稱這首詩為一首耐人尋味的哲理妙品，他說原來世間的萬事萬物都有牽連，真所謂牽一髮而動全身。他進一步分析〈斷章〉的妙處在闡明了世間的關係有主有客，但主客之勢變易不居，是相對而非絕對。你站在橋上看風景，你是主，風景是客；但別人在樓上看風景，連你也一併列為風景，於是輪到別人為主，你為客了。

〈斷章〉雖是一首抒情詩，卻已把一己的經驗、感情昇華成為一種普遍的真理，人人都能感受分享它的妙趣。但並非卞老所有的詩都能獲此感受，有些詩可能讀來有些彆扭，甚至晦澀難解，很早就有些評者把他視為「現代派」或「朦朧詩」的先行代。主要是卞老的筆下，不愛作浪漫主義式的情感奔放或自我陶醉，他總是傾向於作情感的自我克制，作知性的淘洗、提煉，期待昇華成結晶，像〈斷章〉這樣內涵豐富，卻由四行的格局來容納的詩，即是經過精雕細刻衍化而成。然而當詩人過分拘謹，求精求堅實到：時與空、情與景、感性和理性都混凝到無隙可乘，無橋可渡時，便也會和讀者形成隔閡，像〈距離的組織〉一詩，便不是那麼容易讓人進入詩境：

> 想獨上高樓讀一篇〈羅馬興亡史〉，
> 忽有羅馬滅亡星出現在報上。

報紙落，地圖開，因想起遠人的囑咐，
寄來的風景也暮色蒼茫了。
（醒來天欲暮，無聊。一訪友人吧。）
灰色的天。灰色的海。灰色的路。
哪兒了？我又不會向燈下驗一把泥土。
忽聽得一千重門外有自己的名字。
好累呵！我的盆舟沒有人戲弄嗎？
友人帶來了雪意和五點鐘。

這首詩讀下來可以說路障重重，語言也偏離了詩所應有的平順和節奏，其所以如此是因詩的每一句都包含了一個中西文學上或社會科學上的典故，以跳躍性的聯想相牽，逼得讀者如想了解此詩必須參照詩末的五條注釋才能稍微獲知原意。這五條注釋文字加起來有原詩數倍之多。如第二行的「羅馬滅亡星」即是根據一九三四年十二月廿六日《大公報》上一則路透社冗長的報導，說某天文學者發現一顆新星，距離地球一千五百光年，當遠在羅馬帝國傾覆之時。又譬如詩的第七行「我又不會向燈下驗一把泥土」，如果不是注釋說出那也是報載當年開發西北河套地區的科學家，憑抓一把泥土向燈光一照便可知身在何處的故事，真也不知到底在寫什麼。另外第九行的「盆舟」一詞也是一個高深莫測的意象，要看注釋才知那是《聊齋志異》中「白蓮教」篇一則靈異事件。

對一首詩的認知，我認為詩本身應該提供足夠的資訊，而不是靠詩外的旁白加以補充，這樣足以顯示作者自己的表現功力不夠，或未盡到使其盡善盡美的修辭。一首完成得圓滿的詩，對讀詩人應該沒有「距離」，因此我甚至認為這十行文字只是詩人在某一瞬間的知覺紀錄，或尚未整理修改出來的詩的雛形。然而這首詩卻是很多專家學者研究考證的對象，他們以數萬字的筆力在挖掘這首詩中的寶藏。我終於發現那些寫壞了的概念凌駕一切的詩，更能讓批評家們一展所長。

卞老是三〇年代後期出道的詩人。他上承「新月」，曾受徐志摩、聞一多的影響。中出「現代」，在艾略特作品啟迪下，活用艾氏的「客觀聯繫法」及蒙太奇手法，以及法國詩人梵樂希的詩體及韻式，寫出他現代主義風格的詩；下啟「九葉」詩派，如穆旦，杜運燮，王笛等都曾深受卞氏思想藝術內在血脈的提攜。也許〈斷章〉一詩還是承襲「新月」的遺緒，故而尚能清明有味，深具妙趣。而〈距離的組織〉則就是「現代」的真傳了。

艾略特的名詩〈荒原〉即需讀一大堆註解才能窺其堂奧。

# 詩國奇才聶紺弩

文章信口雌黃易
思想錐心坦白難

有一天，隱地在電話中問我，知不知道「聶紺弩」這樣一個人。他在念這個名字給我聽時，一字一字拼出來，唸「紺」這個字時還不太確定是唸「乾」還是「甘」。我搞清楚之後，便回答他，我不知道這個人是誰，只曉得他有一聯句對我印象非常深刻，便把上面這兩句十四個字說給他聽。他說知其聯句這麼好，不知其人是一大損失。便告訴我聶紺弩是當代的作家，他在小說、詩歌、雜文和古典方面的貢獻，除了魯迅之外，當今尚無人能出其右，但是外界只知有魯迅，不知有聶紺弩。

我不會只得知聶紺弩這麼一點身世便滿足，尤其他可和魯迅相比，更增加我的好奇，於是便挖空心思填補，才知聶紺弩生於一九〇三年湖北京山縣，享年八十三歲後，於一九八六年逝世。聶氏為我黃埔軍校二期畢業，留學莫斯科中山大學時與蔣經國、谷正綱以及鄧小平等同學，回國後曾任國民政府中央通訊社副主任之職，後又擔任南京《中華日報》副刊「雨花」的編輯及撰稿人。九一八事變後，因發抗日傳單和請願書，被迫棄職，先去上海，後流亡日本，由胡風介紹加入左聯，曾為毛澤東的座上客，魯迅逝世出殯時，他是八名抬棺者之一。曾任香港《文匯報》總主筆。一九五一年時還曾擔任人民文學出版社副總編輯及古典文學部主任。但好景不常，一九五五年因「胡風事件」牽涉被劃為右派，開除黨籍，送北大荒勞改；文革期間又因罵了江青、林彪等人，被扣上「惡毒攻擊偉大旗手罪名」，被處以無期徒刑，成了山西臨汾監獄的勞改犯。後經他的妻子多方活動奔走，終於隨著釋放國民黨被囚人士一同獲得自由，他過去在國民黨任職的紀錄，倒成了他脫身囹圄的救生符。就正如他由胡風引薦入黨，復又因胡風事件被整被關，一樣荒唐。聶氏經過十年牢獄，十年病廢，異國流亡，絕地流放以後，出獄時已老態龍鍾，形似槁木，他在理髮整容時，看到鏡中似人非人的狼狽相，不禁大駭得落淚。更慘的是，才知唯一的愛女早在數月前自殺身亡。

聶紺弩是一個卓越的雜文大家，是中國知識分子中少數的清醒者，更是一個卓越的詩人，有人恭維他是中國詩壇上的「一株奇花」，它的特色也許是過去、現在、將來的獨一無二。他的詩由於風格突出和精采的藝術特色，被人稱為「聶」體，即他常以雜文入詩，因而有「嚴肅的打油，沉痛的悠閒」的評語。文史學家程千帆評價聶詩時說是「詩國裡的教外別傳」，是「敢於將人參肉桂、牛溲馬勃一鍋煮，初讀使人感到滑稽，再讀使人感到辛酸，三讀使人感到振奮」的前所未有的奇特之作。在他存世的近六百首詩中，除去抑鬱悲涼，撕肝裂膽的傷時之作，像前引「文章信口雌黃易，思想錐心坦白難」，痛述文革時遭受批判所寫的自身遭遇外，更多的是笑中帶淚，幽默反諷的即時抒發。在勞改農場做苦工搓草繩時，他感慨的寫出「一雙兩好纏綿久，萬轉千回繾綣多」，苦難時還不忘男女情趣。在農場放牛時，他寫「蘇武牧羊牛我放，共憐天涯各芳草」，將古今兩個不幸的放逐者作出淒楚的共鳴。寫被派去廁所淘糞，他也有詩調侃：「高低深淺兩雙手，香臭稠稀一把瓢」。寫他去撿拾稻穗，他不覺的問道：「一丘田有幾遺穗，五斗米須幾折腰」，真實地反映出一個文化人在壓抑下的無奈。除此之外，他也用詩表達他不屈的心志，他寫道：「哀莫大於心不死，名曾羞與鬼爭光」。這真是他悲哀一生的寫照，心不死，又羞於與鬼為伍，叫他如何不一生沉鬱悲涼。

隱地是讀章詒和所著《最後的貴族》一書寫聶紺弩這位「貴族」時，感到中國文壇還有這麼一位奇人，而我等竟紛然不知，而來問我；而在他的專欄文章中寫下〈聶紺弩〉一篇，才讓臺灣讀者廣為知曉這號不凡人物的（已收入他的新著《身體一艘船》）。而我認為隱地的文章因專欄字數限制未能盡情介紹。我被他一問，反倒認為聶氏的「聶體詩」，以雜文入詩，更屬罕見，乃續貂了這個短篇，我想凡愛詩的人一定也會樂於知道的。

# 我寧爲我

商禽是我們一同寫詩的老朋友，每次見到他，我都會想到一個人。第一個想到的就會覺得他像英國十九世紀浪漫詩人拜倫。也許你不會同意，他應該是像魯迅，尤其他偶爾留鬍鬚的那幅憂鬱像，尤其他寫過和魯迅一樣知名的「散文詩」。當然他也像魯迅，但我首先要說他像拜倫。如果你看商禽走路，走得那麼慢、那麼舉步維艱，便知他和拜倫一樣都是平腳板，也就是學名的「扁平足」。

他和拜倫是同一類型的人，除了都寫詩，寫得極有名，而且也「同病」。扁平足是一種天生的腳部畸形。我們正常人的腳板都是凹凸有致，那塊地方鼓起來用來著力，那塊地方凹下去走來有彈性，都是一致的，只有扁平足的整個腳底一塊平板，腳一踩下去，身體的重量都全壓在上面，連想踮起腳尖向前走動都很僵硬，就像穿上一雙硬梆梆的木屐。所以拜倫走起路來有點像破子那樣費力。

據說就是因為腳不正常，拜倫的母親在發脾氣的時候，會破口罵他：「你這個跛子，乾脆早死算啦。」接著就拳打腳踢，甚至用壁爐的火鉗朝拜倫擲去。拜倫痛苦異常。最難堪的一次遭遇是，有一天拜倫和朋友在街上閒逛，無意中看到一位面貌姣好的阻街女郎，他的憐香惜玉的本性發作，掏了幾塊錢給那年輕女子，沒想到那女子竟然推開他的手拒絕接受。這還不算什麼，那女子居然學拜倫一跛一跛走路的樣子大笑起來，使拜倫尷尬得說不出話來。

商禽雖然也是扁平足，但沒有拜倫那麼倒楣。由於深知不良於行，他總是不愠不火的埋首在詩文中，早年還在社區中打打乒乓球，活動筋骨，但到近些年他得了柏金森症，每天到了一定時間手腳會抖動，這樣他更少出門了。除了偶爾和他的詩畫界老友楚戈、辛鬱等，打幾圈麻將，他說這也是一種運動，手腦運動，而且每打必贏，可能是與他另一絕技，會「用腳思想」有關，大概這也是上帝對他的扁平足的一種補償（商禽有本暢銷詩集《用腳思想》）。

現在再說商禽也像魯迅。說商禽像魯迅的第一個人是名詩人瘂弦。他曾發表過一篇論文說商禽是魯迅的傳人，商禽的散文詩曾受到魯迅《野草》的影響。我曾在論文講評時發表過不太同意的謬論。我認為魯迅的散文詩是他那種犀利雜文的變調，魯迅自己也自嘲說：「就算是散文詩吧！」魯迅本來最討厭新詩，尤其徐志摩等新月派詩人，他是為當時詩壇寂寞打邊鼓而寫下這些短文的，而商禽的散文詩則真正是散文詩應有的體制，雖不分行，卻仍是詩，保有詩的嚴謹，含蓄，精練。

商禽在今年春節為「自由副刊」寫的〈我愛野草〉短文中說，他是在民國三十四年秋天被一軍閥部隊羈留時，讀到《野草》的，初期讀時覺得有些茫然不解，但很喜歡。但這本《野草》卻在後來的行軍途中遺失。從此一直到臺灣，他再也沒見過《野草》。直到七〇年代寫詩時，寫了一首〈冷藏的火把〉，他印象中好像與魯迅《野草》集中的一首詩〈死火〉意象相彷彿，曾經一度放棄；直到後來他又讀到《野草》，將他的〈冷藏的火把〉和〈死火〉對照，才發現兩詩表現手法大不相像，乃將之收入在《用腳思想》詩集中。但外面卻把他視為魯迅的後繼者看待。商禽在此文的結尾時只承認《野草》對他寫詩有深遠的影響。所以說硬要指商禽像魯迅只是他們都寫散文詩這一點像。並不是像拜倫同為扁平足樣真切。

其實說到某某像某某，尤其說的都是名人，對說他像某某的人是不尊敬的。有點說他在學某某人，或模倣某某人的意思。現成的教訓是，名藝術家陳庭詩在世時，一次他開作品發表會，有版畫、有書法、有壓克力油畫，還有他後期推出的鐵雕。有某位自認詩畫兼善的評家一下說是畢卡索再世，一下又說他的書法像王羲之。至於鐵雕則說他是米蓋朗基羅的傳人。陳庭詩既聾且啞，我在他旁邊用筆傳譯給他看，他直搖頭，最後寫下四個字給我看。這四字是大大的「我寧為我」。我想我饒了半天舌，商禽必定也會以「我寧為我」回敬我吧。

# 老有創意的一群

## ——從簽名式寫三位詩畫名家

### ・恆古摩挲——耳叟

寫此「恆古摩挲」四字的耳叟，即是蜚聲國際的大畫家陳庭詩。陳庭詩是我們早年向現代藝術進發時的一員大將。他的本業乃繪畫藝術，但他的古典詩和書法修養卻遠非我們這些寫現代詩者所能想像，因此我們視他亦師亦友，感情遠非一般。由於陳庭詩四歲時爬樹不幸傷及內耳，從此一輩子都聽不到這個世界，同時也喪失學習發聲的功能，更不能對這個世界咆哮吶喊。也許是為失聰的終生抱憾吧？或者是他的姓氏從「耳」從「東」，因此陳庭詩在畫上或書法上總簽以「耳叟」之名，我們則常以耳公稱之。

陳庭詩是一位全能藝術家。他最為人稱道的是能瀟灑的出入於傳統與現代兩大門徑，直到而今的近九十高齡仍然不斷以今日之我趕過昨日之我的精神在為藝術獻身。在傳統的表現上，他的中國水墨和書法作品至今臺灣尚無人能望之項背，大陸上當紅的吳冠中可能還比他稍遜。而在現代的創新上，他的獨創的蔗版版畫，早在七〇年代即被藝評家推崇為世界級的主要作品。鐵雕則是他自八〇年代後期開始的另類藝術探索。當時年近七旬的他，把撿拾而來的笨重廢鐵，投入想像世界中作超現實的組合，使得重組後的物象呈現從未出現過的美感或苦感，直追心靈本體最原始的感受。

有人把他的創意比美為當今西方流行的前衛藝術，耳公聽後笑著寫下「我寧為我」四字。耳公自信他的藝術境界完全出自他旺盛的生命力和不服輸的企圖心。我們則認為耳公因聽覺和發聲喪失功能後，所有潛能集中於心智所衍生出超凡的悟性和敏銳觀察力有以致之，他豈肯會追逐西方那些物化的唯醜流行。

日前女詩人翁文嫻和畫家高興夫婦自屏東寄來賀卡，順便告訴我，耳公現已完全無法與外界交通，因手發抖，唯一與人通信的傳真機，已因筆不成書，傳不出去。獨居的他雖仍在勉力創作，但因腰部負重受傷已直不起來。他現非常希望有人去看他，帶他到外面吃一頓好飯，但年輕朋友多已不再接近他。他住在臺中太平鄉下，我們老友也多已老邁，且各住天南地北，真不知道有誰會去時常陪伴他一下。陳庭詩絕對是一位藝壇的國寶。我們豈能讓國寶無人聞問？那該是多麼殘忍。

## ．不負如來不負卿

看了這硬瘦遒勁的七個字和其散發出來的款款深情，再看這合體字式的簽名，幾乎猜不出這究竟是何方神聖在此亂世還有此高級的雅興。不過會看的只要一看運筆之道，便知道這是老詩人周夢蝶的書法，只有他老人家的字才有此力道，也只有他才知道把《楚辭》上的古夢字用作他的簽名式。周公的簽名除慣常的本名外，亦有用「夢蝶」、「蜨」、「老至」；為我的《新詩五十問》一書題字的簽名是「雪忍」。

周夢蝶之名乃依莊周夢蝶而來。可見周公是個莊周型愛做怪夢的人。周公非常癡愛《紅樓夢》，時常想理解那位吃胭脂長大的怡紅公子。去年初中華副刊的吳涵碧主編欲製作「名家談紅樓夢特輯」，聞知周公對紅學頗具興趣乃特邀撰稿。周公平日惜墨如金，絕不輕易答應。誰知此次周公一口答應，二話未說，但求稍寬時日。副刊主編大喜，乃癡癡的等。並拜託我這位周公的老友不時敦促周公動筆。我深知周公最重然諾，但絕不能催，催他太殘忍，他會緊張得寢食難安，更形消瘦。於是我乃轉請周公的弟子女詩人歐陽柏燕時常有意無意的打探進度，因歐陽經常去聽周公論佛談詩，並順便照顧獨居的周公。也由此得知周公實已摒棄一切在專心致志於《紅樓夢》的心得撰寫。

終於周公在去年十二月初旬如期完成了。交卷之日特約我和歐陽至他新店寓所過目。我們從他手上接下那一大捆宣紙寫上的稿件時，簡直嚇了一跳，原來周公是用毛筆在大張宣紙上，一字一筆將《紅樓夢》的一百二十四回，一回一篇文章寫就的。共動用玉板宣紙二十四張，長度約二十四公尺。從這麼慎重的書寫過程看，這豈止是文章，而是周公的自成一體的書法展示。有如猛龍碑，蘭亭序一樣的法相莊嚴。

周公文章題名《不負如來不負卿》。寫此文的動機過程及行文路數，請看他文前的短序：

「余有志於為百二十四《石頭記》作「初探」非一日矣。蹉跎復蹉跎，遲於今夏農曆芒種之又次日乃動工。效顧虎頭之食蔗；由末回起讀，溯洄而前；纏綿宛轉，仆而復起者屢屢，積百有五十餘日，而粗有小有今日之眉目。

囿於才力學力識力體力，命筆時，乃不得不「嘗試」所謂「蜻蜓主義」——避重就輕，長話短說，短話短短說，喻為蜻蜓點水，一掠即颺去，其意若在水若不在水，自亦不識其何心，不知其可不可也。」

序短文長，古今當下，鉅細無遺的各種學問，現象都在周公的夢筆下或發觀感，或道針貶，或興怨歎。紅樓一夢原只是一個藉題發揮的特寫意象，任何角落的蛛絲馬跡都逃不脫他的法眼，玆舉第五十四回，因鬼月將屆，忽生癡想，周公所發三願，可見其精彩之一般：

「一願有生之年，有耳不聞烏鴉，有眼不識喜鵲。
二願普天下七旬以上老人大清早都有棗兒熬的硬米粥吃。
三願本省職業婦女一個個薪高事少離家近。不著露臍露背裝，且不紅杏不小月。不小月者不流產也。」

## ・理由不足，有膽量——小弟楊雨河

前文說到周夢蝶的簽名式，酷似合體書法，不知者以為那是個合體字。其實一直

在研究創作這種合體書法的是僻居在臺灣後山臺東的詩人楊雨河。前面所錄楊氏所寫兩個合體字是「理由不足・有膽量」兩個短句，他把它壓縮重疊成兩個方塊字。但他的簽名式卻一點也不合體，仍然是他當行的行草。楊雨河是詩壇資深詩人中的一怪，也是書法界的獨行俠。更和周公一樣深研佛學哲理，他們常常為一些理念在電話中抬槓。

出身新聞記者的詩人楊雨河早年在金門從事戰地新聞採訪工作。「八二三」砲戰期間，他穿梭於密集猛烈的砲火之下，表現英勇，被中外新聞同業喻為「中國的恩尼派爾」。但是楊雨河的最大興趣一生都在詩書上面。尚在襁褓時就吵著要「寫字」，曾引起全家的驚喜，認為此子將來一定不凡。民國四十七年他在金門軍報社時，即開始研究合體字，但尚是「添筆」的初階，將字添上一筆，一個字即作兩個字用：譬如「明」字，他將左邊的日字上方加上一撇成為「白」字，如此便成為「明白」的縮寫了。

從金門到而今的現在已經四十四年有餘了。楊雨河研究合體書法的興趣始終未減。尤其對岸政權成立後改用「簡體字」，把一些通用的本體字，將多筆畫改為少筆畫，楊雨河對此極為反感。他認為中文字乃直象物形，不足者有形聲、假借、指事、轉注、象形、會意等六書輔助，是一種綜合藝術，不能削減成單調的枯枝槁木。乃在隱居的東部三十多年歲月，精研創寫中華合體書法，為傳統書法作新藝造形的演進。每一合體，舉凡二字體，三字體，四字體，五字體，以固定成語文句為合體之依歸，造成華文書體之特殊風格。現已創寫千字以上合體字，並印之成《中華合體書法》一冊，於元旦後之五日於臺東文化中心舉行盛大發表會，為一向沈寂的後山文化界一大盛事。

詩人楊雨河一生正直，敢作敢言，是詩壇有名的硬漢。誰要是不公不義犯在他的手中，會被他當面怒斥得體無完膚，抬不起頭來。但要是引發他談詩，談佛，談書法的興頭，那他那舌燦蓮花的諸般學問，便又有諸天法雨楊枝拂身的令人通體舒暢了。此三人中，楊雨河的年歲最小，但也是七十初度了。這幾位老人從不服老，總是勇於嘗試改革創新，他們狂放的企圖心令人折服，真是「一事能狂便少年」了。

# 年獸與年關

魯迅曾在一九三五年初寫信給友人說：
舍間是向不過年的，不問新舊。
就在這一年元旦的這幾天，
他翻譯了西班牙作家巴羅哈的兩篇小說，
並作譯後附記，
接著他完成了《故事新編》、《花邊文學》、
《且介亭雜文》、《且介亭雜文二集》的編輯工作，
又作了各文的序和附記……

有人說
那是如司芬克斯的怪獸走過的
故而我們的通道上都滿布腥紅了

我是一個不稔謎底的年輕人
而今以傷痕證實
冷冷地亦有被吞齧去一半的感覺

在彼之微妙的十二指腸裡
我感到美好漸漸的消蝕
腐朽加速的形成

又要過年了，對於這樣過完三百六十五天就要來一次的關口，過敏一生的我，自小就很緊張。到了廿多歲會寫詩時，便寫下上面這首詩〈年〉。距今已有近五十年了。

對於年這一「怪獸」至今當然更戒慎恐懼。被牠吞齧掉的豈祇一半，恐怕祇剩牠口邊的幾根殘留的毛髮和血漬了。詩中所言的司芬克斯「怪獸」典故來自埃及，埃及出獅身人面獸塑像(Sphinx)，其中最著名的底比斯地方的有翼司芬克斯慣用謬斯所傳授的謎語難人，猜不中就要被牠吃掉。謎語是：今有一物，只發一種聲音，但先是四足，繼而兩足，最後成三足，此是何物？此謎考倒了很多自認聰明的猜謎者，最後被一叫奧狄浦斯的猜中，謎底即是「人」。人在幼小時四肢匍匐爬行，成人後雙腳走路，老年時拄杖而行。司芬克斯見猜個正著，便憤而自殺。我當時年紀輕輕的即採此一兇殘的「典象」來寫此一感慨年華老去的詩，多少有點少不更事強說愁的味道。過年時的貼紅紙春聯，被我說成是「滿布腥紅」；一年十二個月，我比作十二指腸，雖說象徵得很貼切，只能說具現代感，但與傳統所說的年獸大相逕庭。

我國古老傳說中所說的年獸有好幾種說法。十二生肖之被稱作「年獸」，據說佛陀召集了所有的動物出席群獸大會，到得最早的十二頭野獸將代表十二干支紀年的稱呼，老鼠到得最早所以排在第一。譬如今年為甲申年，又稱作猴年。另一傳說「年」是一巨大怪獸，本來只是以牲畜為食，但冬寒食物缺乏時也會吃人。人們不堪其擾，經過長時期的觀察發現怪獸怕三樣東西，一是紅色，二是聲響，三是火光。現在過年時，門上貼紅色春聯，放鞭炮和圍火爐守歲，即是根據這個傳說而來的。

還有一個年獸的傳說情節更故事化。大概這個傳說出自沿海一帶，說這隻叫做「年」的怪獸，頭上長角，兇猛異常，長年深居海底，每到一年除夕，便爬上岸來吞食牲畜人命。每到這一天，人們便扶老攜幼逃往深山躲避年獸。

有一年除夕，人們正準備逃難時，突然來了一個乞討的老人。這時大家正忙著逃命，誰也顧不了他。只有一個老婆婆給了他一點吃的，要他也趕快逃走。那老乞丐笑道：如果老婆婆允許他在屋裡住一晚，他保證把年獸趕走。老婆婆說你如果不怕，就住進來吧，我可得趕快走。老乞丐便住進屋裡，到了半夜年獸果然來了，到了老婆婆家門口，發現門邊貼了大紅紙，室內燭火通明。年獸大怒，怪叫一聲朝門口撲去，只見院子內響起劈里啪啦的炸裂聲，年獸嚇得狼狽逃走了。原來年獸最怕的就是紅色，火光和巨響。結果和前面所說的傳說一模一樣。

而今科技時代，這些是迷信，沒人怕了。反倒想看看「年獸」到底是何長相。臺南永康的復興國小教師曾規劃一教案探討年獸的成因，以增進學生了解逐漸被淡忘的中國年俗的意義和典故，其中一個重點是鼓勵學生各自畫出心中的年獸模樣，並演出年獸的故事。最誇張的是，一些製造電玩的科技公司設計出「打年獸」的軟體，口號是：「年獸來啦！打敗牠才能過好年。」

年獸每到一年將盡時才來。我國民間也把這個時候稱作「年關」。窮人們最怕過這一關，因為討債的會上門要還錢。這是一年算總帳的時候，不但人間，就是職司一家生活監督的灶君司命到了臘月廿四日所謂「過小年」的時候，也要上天去「白人罪狀」，因此民間每到送灶神上天的時候，會用麥芽糖糊住灶神的嘴巴，而且求祂「上天言好事，下地降吉祥」。宋朝賢相呂蒙正為官清正，常常窮得家無隔宿之糧。一年在祭灶王爺上天回報人間諸事那一天，他寫了一首詩請灶君轉呈玉皇大帝訴窮。詩曰：

一碗清湯詩一篇，灶君今日上青天。
玉皇若問人間事，亂世文章不值錢。

文人一向都很窮，連當年赫赫一時的魯迅也一樣。魯迅曾在一九三五年初寫信給友人說：舍間是向不過年的，不問新舊。他的夫人許廣平也說過：向來，我們是無謂元旦，也無所謂節日，總是隨隨便便過。在魯迅看來、除夕、元旦並不是純休息的日子，在除舊歲，迎新春的日子，他仍不忘工作，對時間的利用甚至比平日抓得更緊。就在這一年元旦的這幾天，他翻譯了西班牙作家巴羅哈的兩篇小說，並作譯後附記，接著他完成了《故事新編》、《花邊文學》、《且介亭雜文》、《且介亭雜文二集》的編輯工作，又作了各文的序和附記。常常從夜半寫至清晨，真是通宵達旦，半點時間也不浪費的來迎新春。別以為他真的是工作狂，其實我們讀他的一首〈送灶即事〉，便知端詳：

隻雞膠牙糖
典衣供瓣香
家中無長物
豈獨少黃羊

送灶王爺上天還得典當衣服才能買得起上供的幾枝線香，家裡一清二白，那裡還吃得起不腥羶的黃羊肉？魯迅的過年還需不停的工作，實在也是一個「窮」字呵！

# 詩裡詩外走一遭

人類對記憶的保存，自開天闢地以來即非常重視。最早先民尚無書寫觀念，乃用結繩以記事，或用木石繪出簡單圖形以留跡。迨至文字發明，初期尚是在竹簡木片上刻字，有了紙張綢布的製造後，才有書本或卷束之通行。這一段以書寫保存記憶的方法流傳了好幾千年，直到十九世紀末留聲機和無線電的發明，才能夠將人類的聲音記錄下來並用電波傳播到無遠弗屆。電磁波的無限潛能，不但改變了整個物質世界的無限度開發，即使精神文明的層面也日新又新，電影，電視，影印，燒錄，以及高功能記憶體的出現，徹底改變革新了整個人類的記憶輔助功能。一個肯用功，求上進，又好奇的人，祇要到一些搜尋網站的有關欄目去找，上天下地的有關資訊、無不湧至眼前，大開眼界，讓一些號稱無所不備的百科全書，也自感落伍。

然而。儘管如此大量的開發，所有過往的記憶都無所遁形的發掘了出來，呈現出來，但有一大死角，一個為人忽視的所在，卻隱藏著無限天機，無窮盡的智慧，和珍貴的記憶構成一處寶藏，一個科技尚未伸手去摘星的處女地。那裡不同類型的人儲藏有不同類型的材料，如果有那識貨的行家去叩門，而且雙方投契，各種壓艙的奇珍異寶便會從那些智者的記憶中走了出來，使我們眼睛突然一亮，心頭一驚，原來我們所知真還有限。

這個有遠見，有智慧，有膽識，敢向死角處找通路的人，便是一直在詩刊默默犧牲奉獻的王偉明。他從來不以詩人自居，可是他對詩之瞭解之深，對詩壇生態之熟悉，常常愧煞我這個投身詩的這個行業快一輩子的人。也就是由於他的執著於詩，使他也在開發埋藏的記憶，詩的記憶。

王偉明有本挖掘記憶所寫的〈詩裡詩外〉，是他繼〈詩人詩事〉（一九九九）。〈詩人密語〉（二〇〇四）後的第三輯筆訪紀錄。此輯中他筆訪了臺港兩地詩人吳企明、崑南、蔡炎培、謝馨，劉福春、雲鶴、温明、洛夫、胡燕青、葦鳴、黃呆炘等十一人。這其中有國學根底深厚、著手重編〈全唐五代詩〉的大學者吳企明；以及對譯事卓有研究，曾任外語教授，譯著英國詩歌之父喬叟的代表作〈坎特伯雷故事〉等十餘本文學名著的資深翻譯家黃杲炘。這本書一最前，一殿後的對這兩人的專訪，都用了最多的篇幅，最深入的問題來挖掘作者最深層的記憶，使他們道出了他們做學問的幽微。譬如問及「唐詩與宋詩的主要區別何在」，對唐宋詩均曾作過比較研究的吳企明說，就像孩提時步入蘇州采芝齋，松子糉糖我喜歡，奶油瓜子也鍾意。我既愛唐詩的委婉含蓄，詩味雋永，神韻悠然；也愛宋詩的剖剝深透，轉折層進，理趣盎然。將兩個朝代詩的不同特質，用吃糖果的比喻說出，表示難分軒輊，答得高明。當問及譯事高手翻譯的〈坎特伯雷故事〉，中古英語會否是一大障礙？又有人改用散文翻譯，是否較詩譯更能讓人接受？專家黃杲炘答曰，中古英語同現代英語之間差別似乎不大，遠不似古代漢語同現代漢語的差別。至於以散文譯或詩譯〈坎特伯雷故事〉，他說既然原作是格律詩，就要盡量忠實於原作，至於讀者接受不接受他顧不上，也合情理。

有時我真懷疑王偉明怎麼會有那麼大的能耐，讀盡被問者所有的學問，問得那麼精通。事實擺在眼前是，無論你是大詩人如洛夫，無論你是詩評家如崑南，或是菲華詩人雲鶴、謝馨，還是香港在地詩人蔡炎培，温明，葦鳴，胡燕青，甚至遠在北京搞新詩史料成為權威的劉福春，每一行業，每一個人的特長之處，甚或被議論之處，他都有話可說，有題可問；真是不得不令人佩服。譬如一問到有詩魔之稱的大詩人洛夫時、劈頭就說「有論者認為您早年的詩是用『苦肉計』寫成的，句中不乏『血』『拳』

『痛』等字彙。」我與洛夫相交大半輩子，在我的記憶裡，如此「殘酷」形容他的詩，倒是頭次聽到，可見偉明見聞之廣。當問到詩人雲鶴時，其中一題問到對於詩中「理」與「情」如何釐清。雲鶴答曰他認為詩一向是感性的，無論以何種手法來表現，其終極也是以「情」為主，他不喜歡以「學問」入詩，話頭一轉，他直率的說：「因此我讀葉珊易名為楊牧的作品，視為一種累贅。這也包括了葉維廉和鄭愁予的作品。」雲鶴真是一派天真的大膽。但我更佩服的是王偉明一字未刪的印在書中。

香港詩人崑南我過去對他的認識不多，但是我讀他和王偉明這篇筆談，卻使我大開眼界。首先我終於知道，臺灣在六〇年代一些詩人對西方的現代文藝思潮會那麼如數家珍，創作都和西方一樣高深，原來曾在臺讀書的崑南在香港出版的「文藝思潮」上介紹的艾略脫等人作品，給了不少啟示。而他寫的「地的門」則無異是當時臺灣詩人迷醉存在主義的引路旛。第二，崑南是我所僅見早在六〇年代即受無名氏作品影響的人。他認為千禧年後，詩歌的尊崇地位得讓給小說。詩歌的話語系統可以在小說這個生命體內成長。在我們中國，無名氏便是詩的小說的一個作家，一個夠份量的代表人物。

我曾是王偉明編〈詩人詩事〉時的受訪者之一。想不到五年之後，我竟由當事人變為到這「詩裡詩外」走一遭的訪客。我能趁此之便，一讀這麼多不同作家的心靈吐絲，一探這麼多人的記憶寶庫，我的受益，不是一篇短文所能道盡的。

# 從傑佛斯的一首抗暴詩想起

傑佛斯的詩多是具有對邪惡批判的精神，
這首〈嗜血的祖先〉更是對殘暴指名叫陣。
不過與一般抗暴詩或反戰詩不同的是，
他把殘暴視為一種宇宙萬物進化的營養。

**〈嗜血的祖先〉**余光中譯

沒有關係，讓它們去兒戲。
讓大砲狂吠，讓轟炸機
發表它褻瀆神明的謬論。
沒有關係，這正是時候，
純粹的殘暴仍是一切價值的祖先。

除了狼的牙齒，甚麼東西能把
羚羊的捷足琢磨得如此精細？
除了恐懼，甚麼能賦鳥以翼？
除了饑餓，甚麼能賦蒼鷹的頭以寶石的眼睛？
殘暴曾經是一切價值的祖先。

誰會記憶海倫的那張臉，
如果她缺乏古矛可怖的光圈？
誰造成基督，除了希羅與凱撒，
除了凱撒兇狠而血腥勝利？
殘暴曾經是一切價值的祖先。

千萬莫哭、讓它們去兒戲。
老殘暴還沒有老得不能生新的價值。

這首詩寫得很淺顯，可以說一看就懂，雖然也用了一兩個典故，但是祇要讀過古希臘神話和熟悉基督教歷史，想亦不難瞭解。傑佛斯寫這首詩的時代背景正是二次世界大戰的時候，所以詩中有大砲狂吠和轟炸機吼聲的場景，想必是有感於納粹法西斯和日寇的殘暴兇狠而發言為詩。詩人本應是一切美和善的護衛和讚頌者，對於極權殘暴自是痛加針砭。傑佛斯的詩多是具有這種對邪惡的批判精神，這首〈嗜血的祖先(THE BLOODY SIRE)〉更是對殘暴指名叫陣。不過與一般抗暴詩或反戰詩不同的是，他不去正面的撻伐，説殘暴如何如何，我們該怎樣去對付。他把殘暴視為一種宇宙萬物進化的營養，認為通過殘暴的施與也可創造價值，雖然付出的代價很高。但是要是沒有狼的利齒，也就沒有羚羊敏捷的四蹄；沒有希羅王和暴君凱撒，也就沒有神愛世人的基督文明。似乎是以反諷的口氣要人們把殘暴認作對人類萬物的一種考驗和挑戰，他沒有主張以殘暴去對付殘暴，或軍備競賽。

傑佛斯(ROBINSON JEFFERS)是一位近代美國極有名氣的詩人，生於一八八七年，卒於一九六二年。他的祖先是蘇格蘭與愛爾蘭的加爾文教派，他自己則生於美國賓夕凡尼亞的匹茨堡，曾經唸過醫學院的森林學。傑佛斯的詩明快豪邁，氣勢奔放不羈。在語言的處理上，尤其乾淨俐落，截然不同於當時現代詩的晦澀難解。傑佛斯最令人佩服之處就是對自己信心的肯定和求真求實的精神。在他的自選集中有幾句話最令人折服，他說：「在我十九歲時，我看過尼采的一句話：『詩人嗎？詩人太愛說謊了。』這句話深植我心，久久無法忘記。此後，我決定用真心來寫詩。不是真實的感情，決不故意做作。流行的，取悅大衆的，或是在知識份子中成為時髦的東西，除非自己真正採信、決不隨聲附和。同時也決不輕信任何未經證實的事物。」對於很多愛裝腔作勢的詩人而言，傑佛斯的這一小段話是值得三思的。

傑佛斯這首〈嗜血的祖先〉最後一句話「老殘暴還沒有老得不能生新的價值」是顯得無奈的。因為這世上發生的殘暴似乎永無止境。二次大戰後倒了幾匹殘酷的豺狼，又出現了比豺狼更兇惡的獅虎。更令人慘不忍睹的景觀，變本加厲的在不斷的搬演；新發明的殺人武器一代比一代的精準。而且口口聲聲說為的是和平，和平而是靠更新更高級的殺人武器而求得，我想連具有大智慧的老托爾斯泰都得要問這到底是戰爭還是和平？最近在網路上讀到一首來自山西王文海詩人的一首短詩，題名〈戲劇時代〉，作者以戲謔的口氣，對這個「反斗城」的時代作了嚴肅的嘲諷：

停下來歇了歇
有人便把和平的金獎
捧到了他的面前
兇手有時
無意識做了一個動作
有人便激動地高喊
這就是英雄

難怪正直的傑佛斯要在詩中勸告世人「千萬莫哭，讓它們去兒戲」，殘酷的戰爭殺累了可得和平的金獎，兇手隨便一個動作便可稱為英雄，這世界那裡還有真理，正義？真是要人欲哭也無淚。

# 艾略特的貓兒們

〈貓〉音樂劇雖然風靡了全世界，
卻都只說是音樂家韋伯寫的，
很少人知道這音樂劇是根據艾略特的童詩《老負鼠的貓兒經》改編，
就像第九交響曲中最後的大合唱一樣，
有幾人知道那大合唱的歌詞〈歡樂頌〉是德國大詩人席勒寫的詩？
……

為貓命名是件很苦的差事
祇能算是假日的餘興
一開始你可能認為我是一瘋狂的帽子商
當我說，一隻貓必須有三個不同的稱呼
首先　有一個在家每日必叫的俗名

譬如彼特，阿格司特斯，阿洛佐或詹姆士
又如威克托或強拉森，喬治或必利　貝勒——
這些都是每日必呼的名字　如果
你認為叫起來動聽些、可用有想像力的稱呼
有些聽來像紳士，有些又像已婚婦女
譬如柏拉圖，亞當默圖司，依力卡，提摩太
但是這些仍是每日慣叫的名字
我要告訴你，一隻貓的名字必須很特殊
一個罕見且又尊貴的名字
否則如何能讓牠的尾巴豎起來
或者怎能使牠鬚髮怒張，保持牠的尊嚴？
像這樣的名字，我可以提供一大串
譬如蒙克斯卻普，魁而可，科里科帕提
又譬如邦巴洛里挪　或者裘利路倫——
還有那只有一隻貓能獨尊的名字

但是除了上述所提，仍然還有一個名字漏掉，
一個任何人搜尋都找不到的稱呼，
祇是貓兒自己了然於心卻從不供出
當你發現一隻貓在潛心的沈思
其道理，我告訴你，常常是這樣的：
牠的心智是在從事虔誠的思考，
牠想牠的名字，牠思慮牠的名字，牠想到牠的名字
是牠難以說出的厭煩
厭煩到說不出口的
深深感到不安的奇特的名字。

上面這首詩的題目是〈為貓兒命名〉（向明譯），是艾略特的兒童詩作《老負鼠的貓兒經》(Old Possum's Book of Practical Cats)中的第一首。這第一首詩等於是這整本兒童詩作的一個序曲，要為所有將出場的貓兒們叫出一個名字，但貓不是人，貓應該有牠獨特的名字，而貓對自己的名字雖心裡有數卻從不吐露，詩人認為貓經常打盹是

在為牠那說不出來的名字苦惱。這是這首詩一個賣關子的開場，為後面接來的十四首詩埋伏下不同的變數，譬如貓族首領取名「老申命記」(Old Deuteronomy)原係《舊約聖經》第五卷，為摩西在以色列人進入迦南地前的臨別吩咐，這位老首領既懂寓言又懂詩。一隻被認為有靈性魔法的貓取名「密斯托福李氏」(Mistoffelees)，這隻貓有如下精彩的詩行描寫：

> 都會裡從來沒有這樣一隻貓：／牠將所有的專利獨攬／為了演出驚人的幻象／而且製造古怪的騷亂／像在變戲法／又像玩魔術／他會抗拒檢驗／而且讓你一再上當

取名「馬蓋維弟」(Macavity)的是一隻被認為很神秘的貓，詩中這樣介紹牠：

> 馬蓋維弟、馬蓋維弟，沒有人會像馬蓋維弟／牠破壞人類的法律／牠破壞萬有引力／牠的輕浮會使托缽僧瞪眼／而且當你到達犯案現場——馬蓋維弟卻不見蹤跡

有一隻叫做「摩根」(Morgan)的貓是這樣的自白：

我以前是航行在公海上的海盜／現在我退休作一名穿制服的服務生／這就是為什麼
我看來這麼悠閒／我不過是在百老匯貝里廣場看門

《老負鼠的貓兒經》裡還有很多奇奇怪怪經歷不凡的貓，雖是一本為兒童而寫的詩集，事實上處處以貓的形象來影射這個男盜女娼、無惡不作的人間世界。艾略特這本童詩集寫於一九三九年，詩中充滿了想像與天真，但也反映了現實的憤懣與不平。艾略特的名作為舉世皆知的〈荒原〉(Waste land,1923)，在四百三十四行的〈荒原〉中，艾略特已將當代人在缺乏精神修為和日益工業化的社會病態下，將淪入萬劫不復之境，作了極為嚴厲的批判，只是由於為詩的手段過於知性，所用意象極端繁複壓縮，致使詩雖名滿天下，也給一次大戰後的新生代作家帶來了強勁的衝擊，但至今仍是一首極為費解且爭論最多的名詩。想不到在十六年後，艾氏以同樣批判的態度，卻以易解且詼諧的童詩方式為當時的社會現象留下了縮影。照說這樣易懂且又深具意味的詩，應該比〈荒原〉更易為人接受，更易受到普遍的重視，然而人們只要提到艾略特一定會想到他的〈荒原〉，只要引用艾氏的詩一定是〈荒原〉一詩中的第一句「四月最是殘忍的月份」，甚至艾氏一九四八年得諾貝爾文學獎的長詩〈四個四重奏〉也不比〈荒原〉有名，這個情形衹能説艱澀的詩較能挖掘，較有想像的空間，作研究的人可作多面的解釋。

艾略特的《老負鼠的貓兒經》在艾氏的著作中是不被重視的，甚至在《大英百科全書》艾氏的欄目裡根本沒有提到這本童詩，在一九九三年出版的《新普林斯頓詩與詩學百科全書》，在一九八八年增訂的《諾頓現代詩大全》裡，艾略特項下仍然衹有〈荒原〉等八首名詩，在頗長的作者介紹中，也衹一再提到〈荒原〉，一字也未提到這本童詩，好像艾氏筆下的這群奇奇怪怪的貓已從艾氏浩瀚的著作中消失。

艾略特的這群貓真的消失嗎？才沒有呢！牠們早已從一九八一年五月十一日起走上了舞臺，從那個時候至今的二十三年中已經做了將近九千場的演出。原來早在一九七七年的時候，音樂家安德魯·勞伊德·韋伯(Andrew Liord Webber)即開始著手將這本童詩改編為音樂劇，將艾氏筆下的衆貓們站上舞臺。初時他用鋼琴為朋友演奏了早期的一些片斷，後來艾略特的夫人瓦萊里·艾略特知道了，又將艾氏生前一些未發表的遺稿供獻給韋伯，韋伯於是將劇中的重頭戲由「魅力貓」唱出〈回憶曲〉造成高潮，從此便賣座不衰，曾以十二種不同語言，在二十七個國家的舞臺上搬演。但是諷刺的是，〈貓〉音樂劇雖然風靡了全世界，卻都只說是音樂家韋伯寫的，很少人知道這音樂劇是根據艾略特的童詩《老負鼠的貓兒經》改編。人們要查這首童詩的下落，要到〈貓〉音樂劇的網址去找，可能會有人在介紹中提及一點點。這是詩人吃虧的地方，就像第九交響曲中最後的大合唱一樣，都衹說那是貝多芬的偉大作品，有幾人知道那大合唱的歌詞〈歡樂頌〉是德國大詩人席勒寫的詩（一七八五年作品），貝多芬自一七九三年開始譜曲，直到三十一年後的一八二四年五月七日才正式譜出公演，但從此以後更沒有人知道那原本是根據席勒的詩了。

# 輯二：好詩共賞

# 詩的播種者

——覃子豪

他認為：詩，是游離於情感和字句以外的東西。
它是一個未知，是一個假使，正待我們去求證……

意志囚自己在一間小屋裡
屋裡有一個蒼茫的天地

耳邊飄響著一首世紀的歌
胸中燃著一把熊熊的烈火
把理想投影於白色的紙上

在方塊的格子裡播著火的種子
火的種子是滿天的星斗
全部殞落在黑暗的大地
當火的種子燃亮人類的心頭
他將微笑而去，與世長辭

這首詩即是本文的標題〈詩的播種者〉，是由早年來臺的第一代詩人覃子豪先生所寫。從詩文本所呈現的沈重、執著和熱忱來欣賞這首詩，便可知作為一個認真的詩人，他的處境、他的面世態度，他投注出去的心血和可能的回收，真只有「鞠躬盡瘁，死而後已」這種奉獻精神所可概括。

而覃子豪先生本人即十足可以稱之為臺灣這個島上「詩的播種者」，臺灣的現代詩今天會這麼有聲有色的蓬勃發展，傲視大陸，領先所有各華人地區，全是覃子豪先生早年辛苦所播下的火種，而今才得燎燃成勢不可當。

就所謂「詩的播種者」言，一是詩人自己的創作紮實硬朗，絕不隨意出手，一出手便有不凡的表現，不但可以獲得一般讀友的激賞，更可邀得詩人同行的肯定。這種外行激賞內行肯定的成就，便可形成一種影響，塑造一種傳統。就覃子豪先生的詩創作言，他祇活了五十一歲，除了抗戰末期在赴日及戰亂中所寫的一些抗日體裁的詩以外，來臺後他正式投入詩創作僅祇十五年，但卻出了三本詩集。這三本詩集是《海洋詩抄》、《向日葵》和《畫廊》，每本詩集都各有特色，各代表他在詩追求上的各時間進境。《海洋詩抄》共收集他在民國三十五年至四十一年間精選的詩四十七首。這本詩集可說是一個來自蜀地山區的孩子初初投向海洋的熱戀，他已成為一個海洋的歌者。這本詩集中〈追求〉一詩凸顯了詩人對光明、對浩瀚追求的壯烈和捨身，此詩是覃氏此一時期的代表作，曾經入選國內外各詩選：

大海中的落日
悲壯得像英雄的感嘆
一顆星追過去
向遙遠的天邊

黑夜的海風
颳起了黃沙
在蒼茫的夜裡
一個健偉的靈魂
跨上了時間的快馬

《向日葵》是覃氏民國四十二年至四十四年間發表的約四十首作品中挑選出的二十三首詩。覃氏自承這是他追求一種超越的結果，寫《向日葵》各詩的意念、情緒、表現方法都和寫《海洋詩抄》時不同，可以說是詩人從純抒情走向現代技巧的一次成功的發軔。他在這本詩集的序言中說，「向日葵」是我苦悶的投影，這投影就是我尋覓的方向。很顯然在這第二本詩集中，作者在詩的形式上有放寬幅度和重建秩序的打算，各詩的行數增至三、四十行，甚至有近百行者。而在分段上，每段以固定的行數結集，形成一種整體的和諧。前引〈詩的播種者〉是為《向日葵》詩集的代表作，係採兩行的形式建構，全詩各段均以兩行為準，與此詩同類型者尚有〈花崗山掇拾〉一詩。

《畫廊》是《向日葵》出版六、七年後作品的詩集。計收作品三十一首，在此期間正值覃氏作品的高峰期，寫出的詩作當然不只此數，覃氏在此書中的序言中，一開始便有如下的坦白，他說：「自《向日葵》出版後的六、七年間，我對於詩，思索多於創作，創作多於發表，恆作探求或實驗。是常因發現而有所否定，或因否定而去發現。」同時，他在序言中也對他當時所追求的詩有一嶄新的發現。他認為「詩，是游離於情感和字句以外的東西。它是一個未知，是一個假使，正待我們去求證。」這正是一個詩人從詩的歷練中所獲得最珍貴，最持久，最具真理性的真知灼見，他自己便從未知的探求中去發現詩，去作詩創作的實踐。《畫廊》裡的詩便是探求的結果。其中〈瓶之存在〉〈域外〉是他以抽象的語言表現詩之抽象感覺的成功之作。〈瓶之存在〉一詩已有多篇論文作專題研究，並入選國內外各大詩選及文學大系。詩集《畫廊》咸認是覃氏投身現代主義象徵詩法的最具代表性的作品。可惜天不假年，覃氏在詩集出版的翌年十月十日因膽囊癌過世，享年僅五十二歲。

「詩的播種者」的另一解釋是指詩人對後繼者的愛護，鼓勵和培植。就這方面的貢獻言，覃子豪被尊稱為臺灣「現代詩之父」亦不為過。早在民國四十二年覃子豪即擔任中華文藝函授學校詩歌班之教席，並於民國四十三年借《公論報》副刊版面，每周五刊出《藍星詩周刊》及自辦《藍星詩選》《藍星季刊》等詩專業刊物，挪出大批園地供學生發表成熟的作品。其後由於函校詩歌班的教育成功，覃氏親自批改作業並介紹發表所作的鼓勵，軍中文藝函授學校亦邀請覃氏擔任詩歌班主任並仍沿用覃氏自撰教材「詩創作論」、「詩的解剖」，是以一時之間覃氏桃李遍及天下，臺灣現代詩的播種工作係由他打的頭陣，此一奠基打樁的首發，影響深遠，至今臺灣現代詩壇的詩刊創始人，社長、主編及詩社成員之年長者幾均為覃氏的學生或為他的詩刊所培植出來的詩人。亦有中生代詩人因讀過覃氏的教材而自稱覃氏的學生者，可見臺灣的寫詩者均以覃氏寫詩維護詩的功績為榮。今年的十月十日即有大批他的學生到三峽龍泉墓園他的墓地銅像前向他致敬。他離開臺灣詩壇瞬已四十年了，他的學生卻一刻也沒忘記他，都自認是覃氏撒下的一粒責任重大的詩的種子。

# 自己的燈塔・自己的路

## ——讀綠原的〈小時候〉

小時候，
我不認識字，
媽媽就是圖書館
我讀著媽媽——

有一天，
這世界太平了，
人會飛，
小麥從雪地裡出來，

錢都沒有用……

金子用來做房屋的磚，
鈔票用來糊紙鷂，
銀幣用來飄水紋……

我要做一個流浪的少年，
帶著一隻鍍金的蘋果、
一支銀髮的蠟燭、
和一隻從埃及國飛來的紅鶴，
旅行童話。
去向糖果城的公主求婚……

但是，媽媽說：
「現在你必須工作。」

這首詩是詩人綠原在一九四一年三月所寫，收集在他的第一本詩集〈童話〉裡。〈童話〉是綠原早年抒情時期帶有唯美思想的作品，其詩所以帶「童」音是與他有個不幸的童年有關。綠原三歲喪父，母親帶著他和四個姐姐，依靠比他長十九歲的胞兄教書當職員過著極為清苦的日子，十三歲又喪母，幾個姐姐送人當了童養媳。他跟著胞兄學了一點英文，讀了一點古書，但日本人打到武漢，他初中畢業就隻身逃亡在外，靠著到鋼鐵廠當練習生和孤兒院教書，才勉強讀完高中和大學。他在詩中所嚮往的，所希冀的，都是那麼美，只有在童話書中才可能有的，不正是當時他現實生活中所欠缺少有的，當然也與他自小所受庭訓「必須努力工作，才有美好前途」有關。這實際是一首將原來感受於現實人生的思考昇華為激勵人性馳向正道的詩，美中是帶著苦澀的。

〈童話〉中這樣帶著苦澀美感，卻又不屈於命運的還有一首〈螢〉，也是一直為人所感動：

蛾是死在燭邊的
燭是熄在風邊的

青的光
霧的光和冷的光
永不殯葬於雨夜
呵，我真該為你歌唱

自己的燈塔
自己的路

詩人認為「蛾」之死，「燭」之熄滅，雖然都很壯烈淒美，但他卻寧肯歌唱「永不殯葬於雨夜」的「螢」，他讚美「螢」用自己的燈塔，照自己的路，這才是真正的獨立自主。在一片浪漫之聲的三〇年代尾四〇年代初的那個詩壇，綠原的詩的語言便有如此現代的表現，難怪後來有人稱他為「不自覺的現代派」。他的〈童話〉對於抗戰時的知識青年，和早年的臺灣青年詩人都有極大的鼓舞作用。早夭的臺灣詩人楊喚詩中便不自覺的有著綠原詩風的影子，我亦承認曾受綠原詩的影響。

綠原也曾被打為胡風份子，單身監禁達七年之久。他原本復旦大學外語系畢業，精通英文、法文，並曾為抗戰時的來華美軍當過譯員，監禁獄中時他又自力勤習德文，十年動亂中，綠原又被下放到農村去作繁重的體力勞動，和沒完沒了的寫「內查外調」坦白材料。直到四人幫垮臺、胡風案平反，綠原才恢復自由。憑著他的外文基礎，他翻譯過諾貝爾得主米爾舒的〈拆散的筆記簿〉和〈德文現代詩選〉、〈里爾克詩選〉及最近新譯的德國大作家歌德的詩劇〈浮士德〉，且大膽採用了詩體與散文體相結合的方式，將〈浮士德〉優雅的神韻和深邃的意境付諸於自己的譯筆之下。

綠原的詩在〈童話〉時期是位可愛的抒情詩人，經過大半生的政治磨難後，他的詩變得富理性的哲理思考，他有一句詩的箴言云：「詩沒有技術，真理沒有衣服、人沒有世故。」可見他一切唯「真」是尚，詩要真情流露，真理無需包裝，做人要坦誠以待。去年（二〇〇三）九月，國際華文詩人筆會曾頒給他一個「詩魂獎」，以讚譽他一生為詩的成就。高齡八十的他已無法親自到會領獎，由他的女公子代表上臺，領獎後女公子除代父道謝外，並當場朗誦他父親的代表作〈小時候〉一詩。詩的聲音落下，臺下衆詩人無不熱淚盈眶。

# 詩人中的漢子

——牛漢

有人斷言：
面孔朝向天堂，
腳步總走地獄。
我始終不相信。
讓我不解的是：
我的面孔一直朝向地獄
而腳步為什麼邁不進天堂？

這短短的一首詩充滿著執拗，不服和困惑的置疑，是素有詩壇硬漢之稱，一生歷盡坎坷和磨折，但人生信念不倒，詩心常青的今年初度八十歲的老詩人牛漢，在上世紀七十年代初所寫。寫成之後未能定稿，也未定標題，一直存活在心裡。今年（二〇〇三）四月四日晨，他參加為他舉辦的作品研討會準備資料而找出來，將這首詩命名為〈信心〉，但也將本僅只有七行的詩刪去五行，只剩如今的兩行：

只要面孔背著地獄，
腳步總能走進天堂

這首短詩經這樣大力的「去蕪存菁」，全詩由消極而積極，由背向而轉變為直面，看出牛漢老哥（我一直這樣尊稱他，他比我大五歲）經過時間的無情陶冶，已將他那一生的困惑，靈魂的苦難，得到超越與昇華，活得更加堅韌硬朗。

牛漢生得高大結實，乃山西定襄人，由於與內蒙接近，可能有幾分蒙古血統。畢業於西北大學外語系精通俄文。他係七月派重要詩人，曾因被劃為「胡風份子」，受過長時期的磨難。但此人越戰越勇，從不屈服，反而更加嫉惡如仇。記得一次國際華文詩人作品研討會上，他曾對北京某詩人所寫的五千行長詩，當著與會的衆家詩人大聲斥責說，那裡是五千行詩？分明是五千行政治，五千句馬屁。十足表現出一個正義凜然，有勇氣，有擔當的詩家漢子。

牛漢有首自述式的名詩，足以寫出他令人敬佩之處。此詩名為〈我是一顆早熟的棗子〉，在詩前他有一段題記交代，他說：「童年時，我家的棗樹上，總有幾顆棗子紅得特別早。祖母說：『那是蟲咬了的。』果然，它們很快就枯凋了。」原詩如下：

人們
老遠老遠
一眼就望見了我

滿樹的棗子
一色青青
只有我一顆通紅
紅得刺眼
紅得傷心

一條小蟲
鑽進我的胸腔
一口一口
噬咬著我的心靈

我很快就要死去
在枯凋之前
一夜之間由青變紅
倉促地完了我的一生

不要讚美我……
我憎恨這悲哀的早熟
我是大樹母親綠色胸前
凝結的一滴

受傷的血

我是一顆早熟的棗子
很紅很紅
但我多麼羨慕綠色的青春

這首詩的成功，在於詩人獨具慧眼，抓住早熟的棗子實係受蟲噬咬，受到無形的戕害，催其畸形成長，而由青轉紅的這一悲劇意象，予以鋪張描繪而成。寫的雖然是大自然中經常發生的難逃劫數，實際卻與人間的悲劇諳合。那顆通紅的早熟的棗子，豈不即是牛漢本人歷劫悲愴所吐出的血滴的最恰切象徵。難怪詩人在詩尾大聲的說「但我多麼羨慕綠色的青春」，不願鮮紅的成熟，成熟是需要付出代價的呵！

# 樹也要展翅飛翔

## ——讀曾卓〈懸崖邊的樹〉

不知道是什麼奇異的風
將一棵樹吹到了那邊——
平原的盡頭
臨近深谷的懸崖上

它傾聽遠處森林的喧嘩
和深谷中小溪的歌唱
它孤獨地站在那裡
顯得寂寞而又倔強

它的彎曲的身體
留下了風的形狀
它似乎即將傾跌進深谷裡
卻又像是要展翅飛翔

這一首暗示豐富、語言不急不徐的短詩，是由七月派重要詩人曾卓所寫成，已是華文詩界被認為最具代表性的象徵詩。據詩人自己說：「寫這首詩的時候，我在農村勞動，我從我所在的地方到另一工地去，經過一座小山的時候，看到了一棵樹，那棵樹確實是彎彎曲曲的，生長在懸崖邊，我很容易地產生了聯想，這是與我特有的心境，特有的遭遇聯繫起來才能夠產生的。」曾卓曾因牽涉到「胡風反革命集團」事件被逮捕入獄及勞動改造近廿年，在身處逆境中，他寫下許多大氣磅礡的詩，此詩即為其中的一首。詩人準確地把握了懸崖上那棵搖搖欲墜的樹的形象，與自身受苦受難而百折不撓的處境，作種種微妙的契合，突顯出詩人人格力量的健壯雄偉，以及臨危不懼，處變不驚的鎮定。象徵詩要能形中寓情，形中透神，從中體會出深刻的象徵意蘊，更需不露痕跡，了無刻意追求，牽強附會之弊，看起來是神來自然之筆，曾卓這首詩便是如此的氣定神閒。

曾卓（一九二二—二〇〇二）係湖北武漢人，中央大學歷史系畢業，曾與綠原等人創辦《詩墾地》。一九四〇年參加中華文藝界抗日協會，一九四四年曾參加《詩文學》雜誌及叢書編輯工作，一九五〇年後曾在湖北教育學院及武漢大學任教，一九五五年即被打成反革命份子入獄，出獄後他已是接近六十歲的老人，這時他寫了〈我遙望〉一詩以述感慨：

當我年輕的時候
在生活的海洋中，偶爾抬頭
遙望六十歲，像遙望
一個遠在異國的港口

輕歷了狂風暴雨，驚濤駭浪
而今我到達了，有時回頭

遙望我年輕的時候，像遙望
迷失在煙霧中的故土

曾卓從一九九八年起即患重病，出入醫院多次，但在病中仍不忘寫詩，二〇〇一年十月寫了一首題目非常有深意的詩〈沒有我不肯坐的火車〉，這是他在重病中無法再自由走動的一種心靈願望，他說：「沒有我不肯坐的火車／也不管它往那兒開／到我去過的地方／去尋找溫暖和記憶／到我沒有去過的地方／去尋找驚異，智慧和夢想」。可惜一生苦難的詩人，終至再也沒有辦法達成他坐著火車四處遨遊的夢想了，於二〇〇二年四月十日離開這個世界，臨終時還寫下八個字：「我愛你們，謝謝你們」。女詩人劉虹曾經對這位她所尊敬的前輩詩人寫過一首悼念的詩，最後一段是這樣說：

看到你懸崖外的本真風度，優雅豐潤和隱痛
我從此再不忍把你欣賞成……那棵樹
樹終於下崗，樹說累了讓我像人那樣躺一躺

「下崗」即是退休的意思，曾卓一生為詩奮鬥，為人生搏鬥，終至精疲力竭，才能像人那樣躺一躺，我的看法是他的靈魂終於已展翅飛翔。

# 叫花男人的遐想
## ——讀羊令野〈蝶之美學〉

用七彩打扮生活
在風中，我乃紋身男子
和多姿的花們戀愛整個春天
我是忙碌的

從莊子的枕上飛出，
從香扇的邊沿逃亡。
偶然想起我乃蛹之子；
跨過生與死的門檻，我孕美麗的日子。

現在一切遊戲都告結束。
且讀逍遙篇，夢大鵬之飛翔。
而我，只是一枚標本，
在博物館裡研究我的美學。

本詩作者羊令野先生是一九七七年出版的《中國當代十大詩人選集》中入選的十大詩人之一。評選者張漢良教授在該書的序文中提到十大詩人應具備的四大條件之三「靈視」的成就時，曾就「婉約之個人抒情」之特點，將羊令野與葉珊（現今的楊牧）相提並論。而就「心懷大陸，載國家民族之道」而言，將羊令野與余光中置於同一層次。可見早年羊令野先生在當時的詩壇的份量。羊令野先生此詩〈蝶之美學〉寫得很早，應在民國五十五年左右，因他自己在臺的第一本詩集《貝葉》在民國五十七年十月出版時，即把此詩連同其他非《貝葉》的二十首詩排在《貝葉》主體詩的最前面。而一九七二年一月出版的《中國現代文學大系》詩卷，即曾將〈蝶之美學〉等八首選入。此後至少曾陸續選入國內外的各種選集十本以上，也曾引起多次評論，咸謂這是羊令野先生一首最易令人想到讀其詩即如見其人的佳作。

〈蝶之美學〉其實是一首詠物詩，其特點是狀物寓己。所謂「蝶」之美學，其實就是在闡述詩人自己的美學觀念。「用七彩打扮生活／在風中，我乃紋身男子／和多彩多姿的花兒們戀愛整個春天」，看起來都是蝶的寫照，連「我是忙碌的」也是蝶在花叢間翩飛的寫真。其實這是一個非常成功的、語出雙關的人與蝶的形象描繪，點出「蝶」與「人」美感經驗的共同所在。第二段是第一段所以如此的因由，在這裡詩人用了兩個古典的意象來曲盡其出身的不凡，「從莊子的枕上飛出」一句，皆知這是語出莊子〈齊物論〉之「莊周夢蝶」。「從香扇邊沿逃亡」則可想到古典小說中美人持圖扇撲蜂捕蝶的景象。這多彩多姿的蝴蝶一生，較之詩人自己的一生也不遑多讓。我們知道令公早年出身軍旅，官拜上校，為極受重視的政宣文膽，並曾服務新聞界，主持詩報詩刊編務，令公更是一位國學根底深厚、書法藝術獨樹一幟的藝術家，所以他以蝴蝶的古典意象來暗喻自己平凡的一生，也是很恰切的。至於後兩句「偶然想起我乃蛹之子／跨過生與死的門檻，我孕美麗的日子」，不也是想到自己同樣是透過生死交關的奮鬥，才換得今天這樣輝煌的日子。詩的第三段則完全回到蝶本身的宿命。蝶這類飛蟲生命本不長，就像遊戲一場盡興就要結束，但即使是一隻短命的蛺蝶，牠還是有牠的鴻鵠之志，逍遙之夢的，因此這段他又用莊子的典故，說「且讀逍遙篇，夢大鵬之飛翔」，意思是生命雖有限，但志向卻不可不伸張；而最後兩行卻不得不看作自我解嘲一番的轉折了，即雖有鴻鵠之志，逍遙之夢，但現在我已只是一枚被釘得不能動彈的標本，只能在博物館裡當美學研究。在這個地方出現的「我」，事實上也即是詩人藉題表白老大自我的感傷罷了。

羊令野自少年時代起，即以古典詩的形式來創作，讀的學的寫的也都是古典之作。這種自幼飽吸的豐富營養，使他後來成為一個飽學之士，尤其嵌名聯更是他的絕活。但是他投身臺灣新詩創作之時，卻正是現代主義如火如荼的時代。新舊兩種不同呈現的語言，當時不知困擾了多少由舊闖新的詩人，正如由「包小腳」到「解放腳」一樣的艱難。羊令野雖投身新文學較早，但他早期的新詩，事實上在語言上、在意象的取用上仍是有所謂新舊夾雜之嫌。即以〈蝶之美學〉一詩而言，其意象仍在慣常出現的古典上取材，未能全面現實化或現代化。即以這個時候的重要組詩《貝葉》而言，也仍在唯心的觀點上找靈感。

羊令野的真正脫蛹而出投身現代，是在看到他的至交詩人彭邦楨寫出轟動的〈花叫〉一詩，迫使他也呼應而寫出〈叫花的男人〉的時候。〈叫花的男人〉究竟表現了怎樣一個世界呢?借他自己的話說:「最近讀了彭邦楨的〈花叫〉,想是春天來了。花也一樣「叫」著的,就如同滿林子的鳥語喧嘩,這就是一個花解語、鳥能言的春天了。春天對於詩人來說,詩人就是春天裡的〈叫花的男人〉,就像擊鼓催花的手,寫出燦爛之春。」他將〈叫花的男人〉作為他追求詩的行動中的「一次跳躍」、「一個圓舞」,也是「我的音容之變奏」,比〈貝葉〉或者〈面壁手記〉更突出。羊令野自〈叫花的男人〉推出後,確實彷彿生命回春,不但人和詩變得和他的「花叫」摯友彭邦楨一樣浪漫起來,開朗起來,真正成了一個「用七彩打扮生活、和多姿的花們戀愛整個春天」的忙碌詩人,而且一洗「老學究」、「老八股」的罵名。

然而羊令野的真實人間生活是非常孤獨的,紅粉知己不少,但沒有一個成為他的枕邊人,一直獨居在永和一間狹小的公寓,七十一歲因心臟衰竭過世時,死後三天待身體發生異味始被人發現,這比他在〈蝶之美學〉中所悲哀的「而我,只是一枚標本」更令他難堪。令公過世已近十年了,一本由詩人辛鬱編選的《羊令野詩選》已經出版。令公一生重要的詩作包括〈貝葉〉、〈五衣詞〉、〈面壁手記〉等均收在其中,且以〈叫花的男人〉為這本詩集命名,從此,勇於「叫花的男人」羊令野,永遠春意長存。

# 向石頭看齊

## ——讀犁青的〈南臺灣的船帆石〉

你似船　你不是船
你掀動大海的巨浪似船在行走
你似帆　你不是帆
你掀起漫天的雲彩似帆在飄閃

你巍然不移

你緘默無語

你昇高麼　不

是海濤遇挫在撤退，迂迴
你下沉麼　不
是海浪勇邁地洶湧、進攻

你直叫冒犯者腦漿迸裂、飛濺
嚎哭的悲聲四射、遠揚
在碧澄的藍天
巨鷹繞著你不息的剪雲襲浪

在湛藍的海底
你的帆杆和錨鏈似鐵鑄的根鬚
和連綿萬里的地殼礁岩混凝在一起

〈船帆石〉這首詩是一位原住印尼十多年前遷回香港的著名詩人犁青所寫，犁青素有「微笑詩人」的美譽。雖然他在海外奮鬥多年，積得了可觀的財富，也算一位財主，但他從不恃財傲物，反而他把所得的財富用在詩的推廣和獎助上。他雖已七十高齡，照說早已過了詩的更年期，詩思應已枯竭，但他寫詩的動力似乎越老越強勁，而且日新又新，走向詩改革的最前鋒，甚至往立體主義和超現實主義方向發展，詩素材的觸角則伸向世界各個角落。他曾以〈石頭〉一詩哀悼以色列人二次世界大戰時被納粹法西斯屠殺的情景，這是他在九十年代中一次以色列之行所造成的記憶。其後他又到了戰火正烈的南斯拉夫寫出了圖文並茂的〈科索沃‧血色的春天〉一系列有血有肉的詩，向不公不義宣戰。今年九月初香港大學曾舉行犁青作品學術研討會，港大中文系教授黎活仁曾以〈李白的俠義與人道精神〉論犁青八十年代後的詩作，賦與極高的評價。

犁青曾於一九八六至一九八七來臺旅遊，寫有〈臺灣詩情〉系列二十六首，收在他的詩集《犁青的詩》中。〈船帆石〉是其中的第十五首，原名為〈南臺灣的船帆石〉。這塊屹立在海中的巨石，位於墾丁和鵝鑾鼻之間的近海，高約五十公尺，周圍約四十公尺，為一座珊瑚礁，由於遠看極似一艘即將啟錨待發的帆船，故以船帆石命名。我們中國人看世間萬物，每愛有看什麼像什麼的移情作用。譬如在溶洞中看到那些鐘乳石，便會依其形似什麼而為其命名，看到有點像揮揚枝灑甘露體態修長莊嚴的鐘乳石，便附會為觀音大士在顯靈，於是那塊高大的鐘乳石便會以觀音命名，而且相隨編一套神話故事來宣揚。犁青寫這首〈南臺灣的船帆石〉，也是因這塊巨石像一艘掛帆的船，而把它當作在海與搏鬥的真船來描寫，故而有著眾多船與海相激盪的動作與形容，同時也把船的強悍堅忍，以及聯想到船錨抓住地殼就有如樹的根鬚深入地底的不可分離，不能搖撼的堅實毅力。這是一首詠物詩，詠物之詩既要入乎其內，也要能狀乎其外，寄情於物，託物言志，情物交獻，犁青此詩可說已達此火候。

香港大學黃自鴻教授認為犁青詩中的詩意多來自「大地」、「大氣」、「水」、「火」四大元素，並以表列分析各詩中的各元素的分布狀況，黎活仁教授則肯定「大地」有可能是犁青詩中四元素最重要的一種，而「石」是大地元素中最具想像力的物質，故而犁青寫南臺灣的〈船帆石〉其重點亦在「石」字上。大陸名詩人牛漢並形容犁青是一塊活的石頭，能言的石頭。犁青以「石頭」為題寫以色列、以「船帆石」寫南臺灣的勝景，正反映他要學石頭一樣的堅定、堅實、堅韌的個性，向石頭看齊。

# 春天在我心裡燃燒

## ——談〈春天在哪兒呀〉兼論形象在童詩中的重要性

春天在哪兒呀
——春天來了！
——春天在哪兒呀？
小弟弟想了半天也搞不清。
頂著南風放長了線。
就請風箏去打聽。
海鷗說：春天坐著船在海上旅行，
難道你沒聽見水手們迎接春天的歌聲？

燕子說：春天在天空上休息，
難道你沒看見忙來忙去的雲彩，
仔細地把天全擦得那麼藍又那麼亮？
麻雀說：春天在田野裡沿著小河散步。
難道你沒看見大地從冬眠裡醒來，
梳過了森林的頭髮，又給原野換上新裝？

太陽說：春天在我心裡燃燒。
春天在花朵的臉上微笑，
春天在學校裡跟孩子們一道遊戲一道上課，
春天穿過了每一條熱鬧的大街，
春天也走進了每一條骯髒的小巷
輕輕地爬過了你鄰家的牆。
也輕輕地走進了你的家。

小弟弟說：讓春天住在我的家裡吧！
我會把最好的糖果給他吃，
媽媽會給它預備一張最舒服的小木床，
等到打回大陸去，
讓爸爸媽媽帶著我跟春天——趕回家鄉。

在現代兒童詩的領域裡，已故詩人楊喚早年寫過這首熱熱鬧鬧，多彩多姿的〈春天在哪兒呀〉，曾經獲得普遍的叫好與朗誦採用。一九七七年十二月廿八、廿九、三十日三天，臺灣最老的詩社之一「藍星詩社」，曾經主辦了一次現代詩詮釋朗誦會，最特別的一個節目，就是由剛自美返國的汪其楣教授和她帶領的四個學生，用「手語」頌出楊喚這首詩，由於當時一般人對聾人使用的手語尚非常陌生，所以當她們用那幾雙靈活的巧手，翻飛的表演著楊喚詩中那多彩多姿的忙碌的春天時，無論聽覺有沒有障礙的人都既感新奇又覺有趣。大家終於了解詩也可以用這種方法詮釋，獲得的效果更令人著迷，怪不得楊喚在一首論詩的詩中說：「詩，是一隻能言鳥。」真是一點也不誇張。

春天是一個令詩人忙碌的季節，古往今來不知多少詩人都曾在春天來臨時吟韻歌頌一番，通過詩人筆的魔杖，把春天點化得活神活現。譬如「紅杏枝頭春意鬧」，一個「鬧」字把春天化成了一個少不更事的街頭少年；又譬如「春風更比路人忙」，這句是寫春日風光的多變化，春風既帶來花紅，又帶來柳綠，簡直比路旁的行人都要忙碌。王安石有一首小詩〈染雲〉：「染雲為柳葉，翦水作梨花，不是春風巧，何緣有歲華？」在王荊公的筆下，春天簡直成了可以點化萬物的仙人。現代詩人楊喚筆下的春天更是被描寫得活潑生動，而且其場面之大，意象之繽紛，簡直就成了一座綜藝大舞臺一樣的讓人目不暇給，嘆為觀止。

有人說詩人是為萬物的命名者，在這首詩裡楊喚把春天化成萬物，萬物也即是春，「春天在我心裡燃燒」是說春天就是一顆熾熱的心；「春天在花朵的臉上微笑」，等於說美麗的花朵就是春天的化身。「春天在學校裡跟著孩子們一道遊戲一道上課」代表春天即是童年。「春天在工廠裡伴著人們一面工作一面唱歌」，春天又是健美和活力的代表。「春天穿過了每一條熱鬧的大街」，春天代表了繁華和興盛，「春天也走進了每一條骯髒的小巷／輕輕地爬過了你鄰家的牆／也輕輕地走進了你的家」，春天又是人間處處流露的溫情。最後小弟弟要把最好的糖果給春天吃，給它準備最舒服的床，還要把春天帶著一起回老家，這即是說，春天是一切美好幸福安樂的代名詞，當然要把它分享給缺少這些溫情的地方去。

讀完這整個一首詩，我們會發現無論古代或現代詩人，都把春天這個本來摸不著看不到的東西，予以形象化，擬人化，變成了可感可觸可見可聞的實體，讓人感覺到春的實際存在，而不是一堆概念的形容，或抽象模糊的呈現，而楊喚處理手法的靈活，意象聯想的確切，使人讀來如處身童話世界，天真又有趣味，又是很多寫童話詩的詩人所不及。

# 向古人借火

## ——淺談洛夫的幾首用典詩

最近聽到一個新的關於詩的名詞「典象」，據說這是大陸詩人流沙河在評介此地一位詩人作品時所新創的。他認為詩中用典故營造的意象，可以稱之為「典象」。這確是一個新的創見，一般而言，意象是一個全稱集合名詞，從來沒有人把它分類過。而今把用典的意象特別用一個名詞凸顯出來，可見典故用在詩中有它特殊之處。

典故入詩其實是詩經營意象時藉喻方法的一種。祇不過一般的比喻多取材於眼前的事物，而典故入詩則是從歷史故籍或神話中取材。劉勰在「文心雕龍・比興」中說：「比之為義，取類不常，或喻于聲，或方於貌，或擬於心，或譬於事。」典故入詩，是屬於「譬於事」的一類。因為典故本來就是故事的意思。詩中藉喻的主要目的是要用彼一種說法來支持此一想說的說法，讓人具體可感，尤其在不便說，不敢說或說不清的情況時，讓打個譬喻的方法說出來，可以加深人的印象。而詩中用喻的另一目的是使詩的組織經濟，不必耗費太多的文字，因為詩是一種精鍊含蓄的文學，而典故用到詩中，正可發揮這種以彼喻此，以簡馭繁的作用。

在古詩中，以典故入詩是最慣用的手法。李商隱是以典入詩的個中高手，他的詩幾乎每首都埋藏得有典故，不多讀點故實，他的詩讀來有如天書，很難得其門而入。宋朝魏慶之在「詩人玉屑」中說：「李商隱詩好積故實」，他總是把古人羅致筆下，自由使喚，不問朝代先後，都可以在他的詩境中同臺登場。玉溪生本師法屈原和李賀，這兩位他的前輩，也都是愛玩弄典故。他則影響到後人，宋詩愛以才學入詩，多少也是受了李商隱的影響。杜甫的詩以寫實為多，但他用起典故來時，也不遜於其他用典能手，他有一首七古「寄韓諫議」，廿二句詩中，幾乎每句都用典，全是神仙的比喻夾雜著歷史的比喻。朱自清認為「唐詩三百首」中杜甫的這首「寄韓諫議」是用典最多的一首。王維素以山水詩稱勝，但他早期的邊塞詩卻愛用典來充實作品的內容涵量，譬如他的「老將行」寫一位功勛卓著卻無端被棄的征途老將，就把歷史上的名將李廣、衛青、耿恭、魏尚等事蹟大量引證，以刻劃老將的藝術形象。

很多人以為詩要現代，凡屬與古有關的東西都該揚棄，陳詞自是極力避免，古典更是不屑使用，以免被譏為不夠現代。但高手則從無此顧忌，他們把玩古人的遺產於他們現代股掌之上，巧妙的配置反倒更增詩的現代光彩，精心的協調，益顯現代手法的高妙。由此可以看出作品的創新端在作者的匠心，不在材料的新舊，有如現代雕塑家從一堆破銅爛鐵中亦可創造出最具現代感的雕塑來。

現代詩人中，余光中為詩自始即懂得向古人借巧，詩經、楚辭、唐宋詩的名句，中外神話、舊約聖經、一直在他詩中出出入入，那麼自然輕巧，一點也不影響他詩中純正現代的靈性。葉維廉從不避諱他對王維山水詩、田園詩的嚮往，創作中頻頻呼應王維的創作觀。其他如鄭愁予、楊牧、大荒等人都曾從古典中借火，以增添現代的光芒。

名詩人洛夫是個曾經全心火浴於現代洗禮的詩人，早期的詩很少自古典中求偶。但一九七二年所寫的一首「長恨歌」卻開啟了他自古典中求材的新境。歷來用典入詩的方法不外拿典故來作事物的比喻；將典籍新寫或批諷；以及陳詞的沿用。洛夫的「長恨歌」則是另外一種創新的寫真。按「長恨歌」為白居易與友人同遊仙遊寺時，有感於唐玄宗、楊貴妃在安史之亂中的愛情悲劇而創作。白居易寫此詩時（唐元和元年。公元八〇六年），離安祿山造反、玄宗奔蜀、楊貴妃縊死這些事件（唐肅宗至德元年，公元七五六年），已經是半世紀前的舊事。但他並沒有拘泥於歷史，而是藉著歷史的一點點影子，根據人們的傳說、坊間的歌唱，從中蛻化出詩篇。作者著力的筆觸雖一半是玄宗貪戀美色，貴妃宮中得寵的本事，但大半卻是貴妃死後，玄宗思念至極，求仙求道，寄託夢境等等的精神狀態，詩人藉此作想像的飛昇，主觀的揑造，藝術創作魅力的十足表現。洛夫重以「長恨歌」為題寫詩，其原始本事雖仍不出白居易的「長恨歌」之外，卻並沒有重複故事的枝枝節節，祇是抓住人物作重點的勾勒，唐玄宗的心理描寫，迷惑、苦悶、悔恨、焦慮才是他揣摩描繪的重心，楊貴妃在洛夫的筆下已經祇是一堆被擺佈的意象：

一縷黑髮
一片白肉
一株鏡子裡的薔薇
一粒泡沫
……

可以說洛夫此詩既無意悲嘆楊貴妃的「紅顏薄命」，也不想譴責唐玄宗的「淫亂昏庸」，而祇是從人性角度冷靜客觀地俯視省思這個歷史上的一個人物、一樁事件。他捨棄了白居易寫詩的活形活現外在描述，而改從內省的心理分析和意識的傳譯。同時他也把原詩的結構瓦解，使原來的「線性描寫」，改成出發點即歸宿點，而歸宿點卻又帶有出發點的性質，造成一種設計好的紊亂，就像一條大川樣，裡面既有漩渦，也有迴流，卻並不礙它滾滾前行的氣勢。洛詩與白詩唯一相同的地方是他們同樣在意象上作了苦心的經營，而洛夫的想像力更為大膽開放，且不落塵俗，寫的雖是古事卻像是一場現代的午夜場電影，非常有別於歷來將典故入詩的手法。

「長恨歌」出籠之後，由於這是有別於洛夫其他一貫作品的新出發，受到很多議論，張漢良甚至認為這是洛夫回過頭來正視浩瀚的中國文學傳統，並認為這是中國現代詩該走的方向。

此後洛夫又從中國古典中選了很多材料入詩，像〈與李賀共飲〉，取材自「世說新語」的「猿之哀歌」；〈李白傳奇〉，取材自「離騷」的「水祭」；以及從莊子「盜跖篇」取材的〈愛的辯證〉。

「盜跖篇」的本事非常簡單，祇是說一個名叫尾生的人與一名女子相約於橋下，女子竟失約，而水漲上來，尾生卻緊抱橋的樑柱不放苦等，直至被水淹死。這是一個癡情男子的殉情故事，這樣定型的結局如要以詩誦之，頂多是讚美或詛咒這個情癡，造不出其他什麼新境。而洛夫卻意想天開，除把原本的故事予以詩化的處理外，並製造另一個相反的結局，使兩個結局並列，而形成〈愛的辯證〉這首詩（一九八二年，十一月十五日發表）。前一結局是：

緊抱橋墩
我在千尋之下等你
水來我在水中等你
火來
我在灰燼中等你

這是傳統殉情的結局，完全符合從一而終的舊禮教思想。後一另創的結局則很人性化，更具真實的人間情趣了，尾生久候女友不至，眼見河水暴漲，及腰浸嘴，再漲就會沒命，於是自我轉寰：

篤定你是不會來了
所謂在天願為比翼鳥
我黯然拔下一根白色的羽毛
然後登岸而去
非我無情
只怪水比你來得更快

就像寫「長恨歌」一樣，〈愛的辯證〉仍是借古典的情事為本，卻以現代人的心情闡前人所已發，擴前人所未發，甚至像這首詩一樣反前人之意，另出新招，有點像向古人挑戰的意味，這也是古典入詩前所未有的寫法。再度顯現洛夫寫詩總是隨時變造新境，多樣表現的創作精神。

然而，從以上兩首舉證的詩的內容看，詩中的時空仍是定格於所用典故的當時情境的，作者的心理反芻也衹是就情論事，純作壁上觀。但至近期的作品則就不同了，詩的時空已從平面進入古今時空的交錯，詩人自己也從壁上躍下，進出於時空隧道。

〈車上讀杜甫〉和〈邊垂人的獨白〉兩詩是這種複雜又多變的時空經營最早轉變。

〈車上讀杜甫〉是取自杜甫一首七律「聞官軍收河南河北」原詩的骨架，洛夫以原詩的八句作題，每句各寫詩一首發揮。

杜甫的「聞官軍收河南河北」寫於唐代宗廣德元年（公元七六三年）春天。杜甫因安史之亂流寓四川梓州，過著飄泊生活。此時忽聞叛亂已平，當下揮毫寫下這八句，透露急於奔回老家的喜悅。據寫「讀杜心解」的浦起龍說這是杜甫生平的第一首快詩。

洛夫的〈車上讀杜甫〉則是寫於政府準備開放赴大陸探親的初期，四十年的阻隔，有此開闔的信息，心中的激切，當是比杜甫聞官兵奏捷時更為強烈。恰好有杜甫同樣的心境在先可供援引，乃有此詩的誕生，此種古典的隨機藉用是很取巧也很機智的。

杜詩的原來八句是：「劍外忽傳收薊北，初聞涕淚滿衣裳。卻看妻子愁何在，漫卷詩書喜欲狂。白日放歌須縱酒，青春作伴好還鄉。即從巴峽穿巫峽，便下襄陽向洛陽。」

洛夫以句為題所衍生出來的詩卻橫生了更多枝節，豐盈出更多聯想。其第一題的「劍外忽傳收薊北」是這樣寫的：

搖搖晃晃中
車過長安西路乍見
塵煙四竄猶如安祿山敗軍之倉皇
當年玄宗自蜀返京的途中偶然回首
竟自不免為馬嵬坡下
被風吹起的一條網巾而惻惻無言
而今驟聞捷訊想必你也有了歸意
我能搭你的便船還鄉嗎？

而第三句「漫卷詩書喜欲狂」卻寫成這樣的「狂亂」：

車子驟然在和平東路煞住

顛簸中竟發現滿車皆是中唐年間衣冠
耳際響起一陣窸窣之聲
只見後座一位儒者正在匆匆收拾行囊
書籍詩稿舊衫撒了一地
七分狂喜，三分歔欷
有時仰首凝神，有時低眉沉吟
劫後的心是火，也是灰

似此描寫，作者已將杜甫原詩的平面規劃，轉換成立體式的現實與過往的混融，產生穿梭套疊的效果，直如電影蒙太奇的手法，作者置身於古今時空之中來往，有時簡直分不出說話的究竟是杜甫還是洛夫，因為他們實際於古今時空中分享同樣流放的命運。這種主客越位時空跳躍的寫法，無疑使詩的內容更紛繁，紛繁中更能暗合現代世界一個雜亂人心中糾結複雜的真相。就詩的表現技巧言，無疑又是一次新嘗試，新的創造。

詩藝的創造本無圍限可以約束，唯一的圍限是作者個人的才識。在一個有才識的詩人筆下，萬物皆可供其驅使；事事均得聽其差遣，至於史事典故這些現成的材料，更是省時省事，易於憑依的好素材，端在存乎一心的妙用與否。讀以上這幾首用典故寫成的詩，各能創造新意，洛夫無疑是能妙用這些素材的此中高手。

年輕詩人常感詩材難覓，老在個人的有限經驗內打圈圈，洛夫的以典故入詩，應可給我們很多啟示，古為今用尚是一片大有可為的處女地。不過這並不是海外及大陸近年所倡行的所謂「新古典主義」，真正的詩人是從來不投環於任何主義的小圈套的，他要遨遊於廣闊無邊的山川大海。

（註）文中所引各詩，均見洛夫所著：「因為風的緣故」及「月光房子」兩本詩集。

# 瘦而有力的詩

## ——讀非馬的短詩

最近讀香港基督教文藝出版社出版的「文藝」季刊，其中登載的一首詩非常引起我的興趣。詩的題目叫〈致長麵條詩人〉。作者的名字是王澤沛，詩人可以被叫成很多種，譬如新詩人，舊詩人，感傷詩人，朦朧詩人等等。這些詩人頭上冠的形容詞都很好懂。唯有這個「長麵條」詩人令人丈二金剛摸不著頭腦，不得不一窺究竟。讀過之後，才知是怎麼一回事，現在我且抄錄在下面供大家共賞：

### 致長麵條詩人

你的句子長得像一根麵條
在筷子上繞一個圈

一頭噙在嘴裡
一頭拖在地下
你用這種拖泥帶水的食物
來敗壞人的味口
我真希望你的詩是雞蛋
讓薄而有力的蛋殼緊裹著生命素

原來這是一首以詩的體裁，來評論詩作的詩，既批評了這種詩的壞處，說把詩句寫得長得像麵條，拖泥帶水的會敗壞人的味口。卻也標舉了自家的主張，希望詩像雞蛋一樣，由薄而有力的蛋殼緊裹著生命素。雖然看似遊戲之作，卻也意象翩然，用字風趣。當然比不上「詩論詩」的老祖宗杜甫所寫的「戲為六絕句」及「遣悶絕句」等評論詩的詩，卻也道出了很多當今讀者悶在心裡的話。並非無的放矢。

我們目前的現代詩像這樣句子長得像麵條，一頭入嘴，一頭拖地的詩很多，而且似乎還蠻受到鼓勵。像去年某文學獎首獎的一首長詩，其像長麵條繞在筷子上幾圈的句法，居然會獲得「不失落其明朗的音色」和「語言精緻穩重」等評語，即可知有人還是欣賞這種拖泥帶水的食物。但評審人欣賞是一回事，讀者能否讀得下去又是一回事。據我所知這首得首獎的長詩並沒有得到首獎該有的彩聲，議論倒是不少。

我們中國詩一向講究的就是精鍊。為了要精鍊，甚且弄個格律來規範它，免得詩人漫無節制的用詞遣句，既失去了語言的自然節奏，也破壞了詩的音樂性。所以有五言、七言，以及字數定得好好的詞曲等。新詩革命以後，雖然也扔棄了舊的音律，詩人獲得了前人所未有的自由，但對語言的自然節奏講究得比從前更嚴格，組句的要求比有格律時更不隨便。沒有規範的規範，比有規矩可循更難於拿捏，新詩的難寫也就在此。

說到詩的精鍊，在現代詩人群中，我們不得不常常拿非馬的詩來作示範，因為他的詩豈止是已經做到精鍊，更是已經結結實實的凝鍊，豈止是一枚枚緊裹著生命素的雞蛋，而且是一粒粒生命飽滿，觸碰即開花的子彈。讀他的詩不是搔到了你的癢處，就是頂到了你的痛處，一發中的，強而有力。不像某些架構看似龐大，題目誇張驚人的詩，讀來研去，都撈不到幾隻小蝦米的令人失望。唐・劉禹錫論詩有謂「片言明百意」，王維也說「咫尺之圖寫千里之景」，非馬的詩可說已經到了這種功力。

非馬的詩能夠寫得這麼乾淨俐落，卻又詩意盎然，個人以為首先他具備了寫精鍊短詩應有的秉賦；又掌握了寫精鍊短詩應有的訣竅；復練就一手寫精鍊短詩必有的文字修養，在這三者相輔相成的經營下，才有他今天這種成就。

讀過非馬的詩之後，往往發覺他無論處理什麼題材都有直指事物核心的本領，予人以落實乾脆的感覺。這種本領實在是由於他思考的敏銳感特別強而又準之故。而這種強而又準的思考力是天賦的、獨特的、自有的，非後天所可修為。猶之於一位成功畫家得天獨厚的色感，絕非漂浮而來。由於他的思考敏銳準確，所以他毋需找其他的文物來襯托，也毋需作無謂的醞釀導引，一下筆就找到詩的焦點，精鍊之旨於焉達成。試以「戰爭的數字」一詩為例：

雙方都宣稱
殲敵無數
雙方都表明
我方無損失
誰也搞不清楚

這戰爭的數字
只有那些不再開口的
心裡有數

全詩一共祇有八行，四十四個字。每一行都緊扣主題，每一行都達到烘托主題，使主題突出的目的。真是運筆如刀，又狠又準。把戰爭的荒謬諷刺得淋漓盡致。苟非思考力的靈活，眼光看得準，焉能如此成功。

欲使詩寫得短小精鍊的另一要件就是意象的掌握要新，要拿捏得恰到好處，這樣才能予人以振撼過癮的感覺。非馬似乎深懂此一訣竅。他在答覆詩人莫渝一次訪問中就說，理想中詩的條件是「在適當的時候，給讀者以一種驚奇的衝擊」（見笠詩刊第八十九期），另外他還把「詩的驚奇」列為詩的要素之一。（見笠詩刊第一二二期）所謂詩的驚奇就是意象的選用出人意表所造成的效果。這種效果在非馬的詩中可說是屢見不鮮。

## 春──鳥．四季組詩之一

你若想知道
在這明媚的日子裡
樹林與樹林間
最短的距離
任何有輕盈翅膀的小鳥
都會吱吱喳喳告訴你
不是直線！

此詩落尾這一句如果我們在未讀之前把它遮住，怎麼樣也不會想到是這樣一個答案。然而這樣的答案卻讓人覺得既感意外，卻又深獲我心。

語言清晰，剪接明快，絕不妄加修飾詞藻，是處理精鍊短詩的必備修養。非馬在這一方面更是個中能手。可以說能夠用一個字表達的，他絕不另加半個虛字。能夠用三兩句表達完整的，絕不拿第四句來湊長度。他的詩永遠是那麼輪廓分明，長短有致。現在我們來看他最短的一首詩：

## 磚

疊羅漢
看牆外面
是什麼

這首詩短短十個字既十足寫出了磚在被運用時的外貌，更藉「疊羅漢」這一準確的意象表露出了詩人內心欲抒發的意念。圓融得無懈可擊。

## 花開

天空
竟是這般
遼闊
驚喜的小花們

爭著
把每一片
花瓣
都伸展到
極
限

這也是一首文字組織極為簡化的詩，然而詩的張力卻隨其象徵的意義而延伸出去，所暗示出來的是無窮的希望，是生機勃勃。可見詩並不一定需要繁複的修飾來張燈結彩，樸實有勁亦有其可取之處。

像這樣精鍊得像脫膛子彈樣的短詩，詩人余光中曾指之為「瘦而有力，沒有冗肉，沒有礙事的脂肪」，可說形容得非常恰當。讀長麵條詩人的詩，拖泥帶水的會敗壞人的胃口。但讀像非馬這樣瘦而有力，既無冗肉又無礙事脂肪的詩就不同了，我想說它是清爽可口，其味十足絕不為過吧！

一九八五年五月十六日

# 談曹介直的〈黑色的勝利〉及其他

詩人們的苦悶抑鬱便常表現在作品上，
黑夜從來是詩人筆下表示桎梏難解的象徵，
更是表示受到拑制的手法……

夜，多麼溫柔地以黑髮覆我
使我感受她呼吸的溫馨
千山萬水都匯聚於此
我的鞋子都優閒地泊著
光榮不再擠我去非洲獵獅
戰爭也不再鑄我作英雄
我已把空間留給喧擾
把不朽和汗膩的內衣一齊脫掉

隨你們在我的名字下寫些什麼
我自由了，我自由了
我再也不為你們，雨中等車般的
在菌狀雲的傘下等著
下個世紀的黎明
夜，多麼溫柔地以黑髮覆我
我以脫網的魚般的欣愉
歸於湖，歸於海
歸於那永古的默默的流

這首〈黑色的勝利〉是藍星詩社全盛時期（六〇年代前期）的傑出詩人曹介直所寫，發表在一九六三年二月號的〈文星〉雜誌「地平線詩選」、曹介直和周夢蝶，周鼎以及當年以筆名凵影為名的謝蹼，都是遠年的戰友，由於周夢蝶在藍星詩刊寫詩的關係，他們這幾位當年的文藝青年也開始親近藍星，成為藍星詩刊上的中堅人物。曹介直當時尚在軍中的特種部隊服役，隨時枕戈待旦空降敵後，所以不但人身無法自由，就是心靈思考也不能隨意放鬆，而他又喜歡詩，詩更是一隻關不住的鳴禽，思想觀念越軌是很正常的事。在五〇年代末至六〇年代初，正是現代主義瘋狂過一陣時期，又開始遭受鄉土文學的挑戰，所以詩人們的苦悶抑鬱便常表現在作品上，黑夜從來是詩人筆下表示桎梏難解的象徵，更是表示受到拑制的手法，在當時及早前的一些詩人便寫過以「夜」為主題的詩以反映時代，其中最著名的一首是方思在一九五六年前後寫的〈夜歌〉，其開首的兩句：

夜性急地落下來了
你不要唱哀悼的歌

便成了當時傳誦的經典，「性急的落下」具發金屬聲的使人震驚，這首〈夜歌〉所及，還引發了好幾位當時詩壇名家寫「夜」的興趣，年輕的方莘寫過一首七十七行的長詩〈夜的變奏〉，年長的覃子豪寫過五十七行的〈夜在呢喃〉、方莘的〈夜的變奏〉還曾被評論家譏為「方莘『變奏』了方思的『夜歌』」，一本英譯「中國現代詩」且把方莘的作品附錄在方思的〈夜歌〉後面。原因是方莘的〈變奏〉一開始便也是方思〈夜歌〉的前兩句，而且這兩句在全詩的各段中反覆以變奏的方式折零出現，論者以為方莘有因襲模倣的嫌疑，更有人認為方思的〈夜歌〉也可能因襲了十八世紀末德國浪漫詩人諾法里兮(NOVALHSI)的長詩〈夜歌〉或〈夜之頌歌〉，無論主題或意象的處理上都極類似諾法里兮〈夜歌〉的後半段。

曹介直寫〈黑色的勝利〉主題也是寫夜，但遠在方思和方莘的後幾年，從技巧和詩的切入手法言，曹詩遠遠超越兩位方家前輩。前兩方寫夜的詩，方思的〈夜歌〉表現太思想化，抒情太概念化——思想化的結果是理性多於感性；概念化的後果是虛幻縹緲，捕風捉影，讀後衹知把夜擬人化成為愛慕的對象，有時對之傾訴，有時將之描述，最後又作夢囈式的呼求，與起始兩句那麼沉重而擲地有聲的「警語」根本不能遙相呼應，而且與第三段首句「讓夜過早地落下來吧」自相矛盾，怪不得張漢良在〈現代詩導讀〉中論到這首詩時有「非理性的反覆」的評語，方莘的〈夜的變奏〉將夜這一意象有意的弄得繁複頎長，聯想四溢，概念橫流，處處抽象表現，看來十分浪漫，卻難有實體的感受。尤其在每句斷句後，隔二三字的空白，又另起斷續的字或詞句，雖然這是作者有意作的「變奏」的效果，但在形式上總顯零亂鬆散。（「夜歌」及「夜的變奏」均見巨人版中國現代文學大系一二輯）

曹介直的〈黑色的勝利〉便完全以不同的面貌出現。首先詩的題目便推陳出新，雖也是寫夜，卻不直接把夜字拿出來破題，而是以一個象徵夜的意象語來引人入勝。勝利是一個空幻名詞，以色感來形容，其中便隱含值得玩味之處，說它具有反諷或無奈也說得通。詩一開始也是將「夜」擬人化出現；以黑髮的覆我來象徵夜的全面降臨，黑髮覆我，表示臉湊得很近，當然可以感受到她的呼吸。這一短暫的前奏，交代得像兩聲悅耳的笛音，下面才展開多波道的場景。前面說過黑夜從來都是一種桎梏的象徵，這裡寫的仍是這種看法，祇是從語意中可以看出有一種求之不得的味道，有一種極度困乏後祇要有一席之地可以安靜或安身的滿足感。因之夜的覆蓋在此已變成庇護的穹窿，在它的包庇下千山萬水都不動的匯聚在一起，鞋子已擺脫走路的腳得到停泊的優閒；什麼光榮不朽征戰或名留千古等等一切憂煩慾念遠我而去，也不在乎，這時才是真正的得到自由解脫，再也不為人作嫁去在恐怖的威脅下等下個世紀的黎明。詩人在詩中所求的，所期待的，所憧憬的，全是實際生活中所缺少的，詩人不過是拿詩的虛擬實境來作心理補償罷了。最後天真的詩人，好夢仍酣，他以為他已經勝利了，從此他以脫網的魚般的欣愉，歸於湖，歸於海，作永古的流傳。這首詩結構井然有序，焦點集中，思考從未滿出題外，詩句全以具創意的意象語言道出，有趣卻不俗氣。其中「我的鞋子優閒地泊著」的「泊」字；「光榮不再擠我去非洲獵獅」的「擠」字；「戰爭也不再鑄我作英雄」的「鑄」字，都是神來之筆，當過職業軍人的，當可了解這每一字所深藏的奧義。然則，黑色的勝利又代表一種什麼樣的得失呢？怕是一種無奈的自我解嘲吧！當然把這首詩當作情色詩看，回味其中衹要我發洩過癮，天塌下來也不管的過程也是滿吻合的，好詩本來就可作多面解釋，那種難以見天日的勾當，不也是「黑色的勝利」麼？

# 讀北島驚人的〈回答〉

北島雖然在新時期的中國詩壇強悍的出現，
但也注定了他後來受排擠和終致流亡的命運，
因為他太突出了……

卑鄙是卑鄙者的通行證，
高尚是高尚者的座右銘。
看吧，在那鍍金的天空中，
飄滿了死者彎曲的倒影。
冰川紀過去了，
為什麼到處都是冰凌？
好望角發現了，
為什麼死海裡千帆相競？

我來到這個世界上，
只帶著紙，繩索和身影。
為了在審判之前，
宣讀那些被判決的聲音。
告訴你吧！世界
我——不——相——信。
縱使你腳下有一千名挑戰者，
那就把我算做第一千零一名。
我不相信天是藍的，
我不相信雷的回聲，
我不相信夢是假的，
我不相信死無報應。
如果海洋注定要決堤，
讓所有的苦水注入我心中；
如果陸地注定要上昇，

就讓人類重新選擇生存的峰頂。
新的轉機和閃閃的星斗，
正在綴滿沒有遮攔的天空，
那是五千年的象形文字，
那是未來人們凝視的眼睛。

這就是名滿中外朦朧詩人北島的名詩〈回答〉。北島寫此詩時正值七〇年代末，四人幫垮臺，大陸物資全面匱乏而精神高度單一，方向朦朧，激情懸空、新時代的詩人應運而生的當口，他們自覺地跟隨新憧憬的節奏欲突破思想的制度化、類同化、典型化以及語言的教條化、貧血化、「紅旗化」，而與那個時代火紅的核心作深惡痛絕的決裂，所發出激情的怒吼。北島這首詩即是當時的代表作，震驚文壇詩壇甚至廣大知識份子。朦朧詩派的唯一女詩人舒婷曾形容北島這首詩為「八級地震」，它痛斥了過去所有難以置信的荒謬，今天大家讀此詩仍然為之動容。

北島雖然在新時期的中國詩壇強悍的出現，但也注定了他後來受排擠和終致流亡的命運，因為他太突出了，當八〇年代中期「朦朧詩」在爭論中獲得承認以後，但不旋踵新的詩潮又崛起，一些受到朦朧詩人啟蒙而又不甘心步朦朧詩人後塵的更為年輕的詩人開始在尋找自己的道路，北島和舒婷等人便開始被厭棄，認為他們的那一套太美麗，太純潔，太浪漫，要忍痛割愛，要向北島舒婷告別，要從朦朧走向現實。一九八五年冬在北京YMCA內舉行的詩歌沙龍中，北島本人即當面受到一青年詩人「決鬥」般的挑戰。此後緊跟著「第三代詩人」的出現，所謂「後新詩潮」的一群年輕詩人，他們聲勢更浩大，詩派林立，宣言蜂起，這些初生之犢根本不再重視朦朧詩人的歷史使命感和憂患意識，也不再有北島舒婷等人所構建的理想的詩的王國，而是將探索的筆觸深入到更深邃的心理層次。以神秘，玄妙，躁動不安，憤世嫉俗的長嚎，以及更加反叛顛覆的姿態，寫出很多比從前更荒謬難解的詩。此時北島、顧城、楊煉、江河等朦朧詩人已開始被迫在西方國家文學流亡了。他們從此在他們自己的土地上由淡出而缺席，當北島當年傳聞可能是諾貝爾文學獎的得主時，最嗤之以鼻的是他自己的詩人同袍。

然而近二十年後的今天，北島終於對這過去的一切作出了反省和再一次的「回答」。詩評家唐曉渡曾對他提出了一連串的問題，都是有關他出走西方後對中國詩壇的回顧和關切，他說八〇年代他的「逃亡」給中國詩壇埋下危險的種子，給後繼者造成幻象與錯覺，再加上標準的混亂，詩歌評論的缺席，小圈子的故步自封以及對話語權的爭奪，進一步加深了危機。針對現在大陸詩生態的情況，他語重心長的說：「我有時翻開詩歌刊物或到文學網站上去瀏覽，真為那些一揮而就的詩作汗顏。我以為我們對此有共識的詩人和評論家，有必要從詩歌的ABC開始，做些紮實的工作。」北島對這一問題的「回答」，無疑又會造成驚險的。然而他的擔憂卻無疑正中現時詩的要害。唐曉渡接著問北島對當今新詩的「形式」問題有何看法?北島毫不遲疑的回答：「我現在依然認為我們面臨著『形式的危機』。我之所以這麼說，因為形式是我們唯一能看到的東西。詩歌神秘莫測，只有從形式入手，才騙不了人。這些年正因為我們忙於空談，而缺少諸如形式主義的批評，才造成這類魚目混珠的現象。」北島這番「只有從形式入手，才騙不了人」的談話，等於為九葉詩派老大姐鄭敏女士前此為「新詩尚無傳統」，「我覺得詩歌是不能沒有形式的」論說找到有力的背書。詩的形式問題吵了幾十年，新詩始終沒法像舊詩一樣普遍為人接受，有人讀了會有上當的感覺，沒有形式的包裝，應當是最大的原因，北島的看法也不無道理。

北島在回答唐曉渡問到「新詩傳統的動力和缺憾」問題時，也有鞭辟入裡的獨特看法，他說：「有人認為詩歌是『憂鬱的載體』，也許這就是你所說的『動力與缺憾』問題的所在。即在中國新詩的傳統中，要麼缺少真正的憂鬱，要麼缺少其載體。你看看，如果一個詩人不是被悲哀打倒的人，他能寫什麼呢？而那些被悲哀打倒的人，往往又找不到形式的載體、回顧近百年來的新詩歷史，是值得好好反省的，我想這和我們民族總體上缺乏信仰，注重功利及時行樂的傾向有關。」所謂「憂鬱的載體」亦即「意」與「象」相應的結合，如果有「意」而無恰切的「象」呈現，也就如真正的憂鬱找不到合適的形式的載體一樣有缺憾。而僅有「象」而無適當的「意」來主使，結果亦是不完美，這種「意」與「象」的乖離，正是當今詩之亂象的根源，北島的憂心是極有道理的。

我們對於北島這位爭議性頗多的朦朧詩大將，其實是相當缺乏瞭解而頗為陌生的，但是看過他對一串問題的不凡「回答」，今後要對他另眼相看。

# 永遠長不大的詩人顧城

## ——從〈生日〉一詩談起

一切都如夢幻泡影，
恰如所有美麗的童話，
永遠不能當真。

因為生日
我得到了一個彩色的錢夾
我沒有錢
也不喜歡那些乏味的分幣
我跑到那個古怪的大土堆後

去看那些愛我的小花
我說：我有一個倉庫了
可以用來儲存花籽

錢夾裡真的裝滿了花籽
有的黑亮・黑亮
像奇怪的小眼睛
我又說：別怕
我要帶你們到春天的家裡去
在那兒，你們會得到
綠色的短上衣
和彩色花邊的布帽子

我有一個小錢夾了
我不要錢

不要那些不會發芽的銀幣
我只要裝滿小小的花籽
我要知道她們的生日

朦朧詩人顧城在一九八一年十二月，也就是在他二十二歲時寫下了這首題為〈生日〉的詩。離他在一九九三年十月八日在紐西蘭激流島砍死妻子謝燁然後自殺前所寫的〈結束〉，又已十二年過去。從顧城寫〈生日〉時一片天真的童心，到寫〈結束〉前後的顧城只有以「兇神惡煞」四字可以形容。這兩個人生的極端都發生在一個詩人身上，真是令人唏噓。

顧城年輕時候的詩都是生活在童話中的寫照。與顧城交往頗深的舒婷，曾寫過〈童話詩人〉一詩贈給顧城，詩中她說：「你相信了你編寫的童話／自己就成了童話中幽蘭的花。」而顧城對「童話詩人」這一雅號，似乎也並不反對，反而在一首詩中他說：「我是一個孩子／一個被幻想媽媽寵壞的孩子」（〈我是一個任性的孩子〉）。的確，年輕時候的顧城一直生活在童話的幻想世界中，因此他才把一個世俗的錢夾不去當作儲存財富的東西，而把它當作裝花籽的小小倉庫。而且把這些花籽當成是他可以在春天為他們著上綠衣花帽的小精靈。他寧肯不要那些沒有生命的錢幣，而只要知道那些花籽發芽成長的日子。這樣天花亂墜的幻想，看似天真無邪，純粹出自一顆可愛的童心，其實卻反射出他成長期對世俗成人世界的反感和厭惡，藉對花的生長的期待，流露出詩人對以財貨為重心的社會的嫌棄，欲反璞歸真，對自然樸素世界的嚮往。這首童言稚語的詩很像我們臺灣早夭詩人楊喚的風格，使用一種會使人自動傾聽的語言節奏，而且以一種大哥哥、大姐姐樣的親切口吻，帶著鼓勵和勸誘。

顧城早年憑著他一片童心寫作而受到重視，但是他進入成人世界後仍然以童年的天真面對世界，幾乎是任性的不肯走出來，可能是他後來以悲劇結束一生的主要原因。他在〈簡歷〉一詩中對自己的認定：「我是一個悲哀的孩子／始終沒有長大」可以印證。顧城和他這一代人，都有過金色的童年，曾經「每一個夢，都是一個世界，沙漠夢想著雲的背影，花朵夢想著蝴蝶，露珠夢想著海洋。」（見〈學詩筆記〉）然而一場浩劫卻無情地刺破了他們的憧憬，於是顧城祇得無賴地「黑夜給了我黑色的眼睛，我卻用它尋找光明」（顧城名詩〈一代人〉）。顧城的尋找光明途程非常辛苦，從自己的鄉土被放逐到了歐洲，從歐洲又奔向大洋洲的紐西蘭，記得那年（一九八八）他帶著大肚子的謝燁經過香港往紐西蘭的途中，正好我和洛夫在香港訪問，他們夫婦到旅館來看我們這兩位他口中仰慕已久的前輩。我看到那個已三十出頭的顧城怯生生的像個國中生，不太愛講話，一切都靠謝燁答覆。謝燁一路為他打點。謝燁說顧城要沒有她跟著一出房門就會不知所措，連找口水喝都不會。他滿腦子的幻想，滿腦子的詩，是一個百分之一百的詩人。謝燁像一個能幹的母親，帶著一個只會做夢的孩子。

顧城到達激流島的第一天，便興奮得像個好不容易吃到一塊糖的孩子。他對謝燁說：「這是我找了二十年的地方，我從十二歲離開學校就開始找了。」他馬上親自動手打造他的童話王國中的天國花園，他說：「我要修一個城，把世界關在外面。」有了花園之後，當然少不了一位公主，於是他又把在一九八六年在北京「新詩潮研討會」認識的氣質清純的英兒接到島上來，好心的謝燁仍然協助他完成這個心願。但是來到島上的英兒已非當年顧城眼中的天使。英兒對顧城所營造的天堂花園一點也不欣賞，反而譏諷當年用詩一般語言使她傾倒的顧城，竟成了小島上搬運木石的「山大王」。她罵顧城：「恨死你了，誰知道你是這樣的。」英兒最終與一位教氣功的英國老頭出走。英兒走後，顧城的一切理想破滅。他把英兒當成「致我死命的人兒」。他開始想到「死」的問題，但卻沒有採取行動。最後讓他決心一死而且先把他一生寸步也不能少的謝燁砍死，是由於結婚以來一直默默為他奉獻的謝燁，覺得與這樣一個永遠「長不大的孩子」在一起已經十年了，感到活得實在太累，太厭倦。顧城一心活在虛擬的天國花園，對現代生活諸如看電視，都覺得是浪費，常常大發脾氣，謝燁總是忍氣退讓，她總把顧城奉為絕世天才，對待天才總要自己委屈一點。然而終使她忍無可忍的是顧城不准把兒子小木耳帶在身邊，顧城的理由是荒唐的，他總覺得自己是個長不大的孩子，兒子整日在身邊，他會產生一種責任感，會覺得自己長大了。謝燁試著和顧城講道理，說不能這樣無道理的生活下去，顧城卻說：「要生活幹什麼？」謝燁的耐性這時已達極致，乃決定離開顧城。英兒的出走已導致顧城夢幻城堡的破滅，謝燁的決意離開等於斷絕了顧城最後一線生機，於是悲劇就不可避免的發生了。正如顧城在〈結束〉一時所說：

一瞬間——
崩坍停止了……
砍缺的月亮，
被上帝藏進濃霧、

一切都已經結束。

是的，一切都如夢幻泡影。恰如所有美麗的童話，永遠不能當真。顧城砍死謝燁又殺死自己後，世人的憤怒、叫罵、指責，議論紛至沓來，都罵這個長不大的孩子。其實顧城何嘗沒有自知，他在給友人曉南的信中就曾自白：「我的秉性太極端了，我的最深處從來沒大過八歲。」對於一個永遠停留在八歲的孩子我們能說什麼呢？除了讀他那童稚味的詩。

# 成爲風景・成爲傳奇

## ——讀舒婷的〈暴風雨過去之後〉

誰說生命是一片樹葉
凋謝了，樹林依然充滿了生機

誰說生命是一朵浪花，
消失了，大海照樣川流不息。

誰說英雄已被追認，
死亡可以被忘記。

誰說人類現代化的未來
必須以生命做這樣血淋的洗禮

我希望，汽笛召喚我時，
媽媽不必為我牽掛憂慮。

我希望，受到的待遇，
不要使孩子的心　畸形。

我希望，我活著並且帶動，
為了別人也為了自己。

我希望，若是我死了，
再不會有人的良心為之顫慄。

這首〈暴風雨過去之後〉是大陸朦朧詩派唯一女詩人舒婷在一九八〇年所寫。舒婷在年紀極小時即曾隨父母在反右運動中在山區接受勞改，也曾下放到農村落户，既曾目睹鄉村的貧窮落後，也看過知識青年的勾心鬥角。因此她的詩中充滿抑鬱的情調，以及對罪惡的痛恨和譴責。此詩之所謂「暴風雨」指的是那年發生的一件海上鑽油船翻船事件，七十二名作業員遇難、船難發生的原因是由於人謀不臧，疏於事先防範及無緊急救難設施所致。舒婷乃以萬分悲痛的心情寫下了這首〈暴風雨過去之後〉，在這首詩裡，舒婷對那些把生命當作「一片樹葉」、「一朵浪花」的當權者提出嚴苛的責問，意思是這些遇難的生命雖然渺小不會影響大局，但為了現代化的未來，必須以生命來做這樣血淋淋的祭禮嗎？這種人道關懷的責問之後，詩人馬上寄希望於未來，她希望將來她被召喚去作什麼時，上不讓父母擔憂，下不令兒女掛心，活著既是為了別人也是為了自己。最主要的是，萬一遭到不幸，不會有人因此良心不安。這樣既批判現實，又寄望於未來的詩，是文革劫難後人性復甦的曙光，朦朧詩人便由此出發而奠定了詩是為人而寫，而詩人不再是國家機器的一枚死板的螺絲釘。舒婷曾說：「我願意儘可能地用詩來表現我對人的關切。」

舒婷在當年是一個能幹的寫手，曾為北島所主編的詩刊《今天》的一員，作品被譯成二十多種外國文字，經常參加國外各種詩學討論和詩的演講座談。舒婷著名的詩作有〈致橡樹〉、〈神女峰〉、〈土地情詩〉、〈會唱歌的鳶尾花〉、〈始祖鳥〉及〈惠安女子〉等，這些詩都是經常朗誦的材料。三年前在北京大學舉辦的「舒婷作品朗誦會」一連三天，聽衆以高價購票進場，座無虛席，連走道都坐滿了人。可見其作品受歡迎的程度，也可見詩這塊領地還未被低俗的物質文明，聲光電化所完全佔領。

舒婷的詩尤其是早年的詩作，常常是附在信箋後面，或隨便寫在一張紙頭上，給他的朋友看的。詩中都是以「你」作傾訴對象，所以顯得分外親切。她在一九八二年寫的〈惠安女子〉即是這種典型，彷彿那女子在靜聽對她的描述：

野火在遠方，遠方
在妳琥珀色的眼睛裡

以古老部落的銀飾
約束柔軟的腰肢
幸福雖不可預期，但少女的夢

蒲公英一般徐徐落在海面上
啊！浪花無邊無際

天生不愛傾訴苦難
並非苦難已經絕跡
當洞簫和琵琶在晚照中
喚醒普遍的憂傷
你把頭巾一角輕輕咬在嘴裡

這樣優美地站在海天之間
令人忽略了：你的踝足
所踩過的鹹灘和礁石
於是，在封面和插圖中
你成為風景，成為傳奇

舒婷是福建泉州人，惠安在泉州東北約四十華里處，靠近湄州灣的一小鎮。這裡氣候溫濕，草木茂盛，人們勤勞，尤其是惠安女子更能吃苦耐勞、粗細活都很能幹。她們在南國的陽光和海風的親吻下，一個個身材頎秀、性格活潑，加上她們特別鍾愛傳統的銀飾裝扮，所以惠安女子是特別迷人的。在以石彫聞名天下的惠安，惠安女子也充當一個重要的角色，包括粗重的上山採石，以及搬運，每塊重達數百斤的巨石都紮紮實實的落在這些海的女兒的身上，她們珠翠滿頭、窄袖短衫、肥大褲裙，烈日下掛著汗珠的勞動的風景是上過雜誌封面和宣傳品的。舒婷此詩的寫照如果了解上述的這些歷史背景，就應該不難理解她寫此詩的用心。她為這些少女的夢只能像蒲公英落在海面樣被浪花無邊無際的帶走而惋惜。她為這些女孩對無止境的勞苦只能在南管音樂（弦管南音是閩南的地方特色，青頭少年，大嫂小姑，均能唱和）中，將憂傷化作「將頭巾一角輕輕咬在嘴裡」而感到同情，這首詩中這兩段中的意象處理非常成功，達到直接感人的目的。再一次表現舒婷為詩的人道關懷。尤其對被壓迫的女性更是不遺餘力的為詩為文支援。因此舒婷也是大陸上女性主義者的代表人物。

# 善變的史芬克斯

## ——讀白萩的〈廣場〉

所有的群眾一哄而散了
回到床上
去擁護有體香的女人
而銅像猶在堅持他的主義
對著無人的廣場
振臂高呼

只有風
頑皮在踢著葉子嘻嘻哈哈

在擦拭那些足跡

白荻這首詩〈廣場〉是他七〇年代三十歲左右遷居臺南時的作品，收在他的詩集〈詩廣場〉之中，這首詩曾經被名家多次評析介紹，咸認這是白荻最成功的一首詩。廣場是一處大衆集會的場所，很多紀念活動，政治活動，娛樂節目都會在這個人多的地方舉行，所以這個主題曾被中外很多詩家寫過。屠格涅夫的散文詩〈兩節詩句〉事實上就是寫的在廣場發生的一件事，是說從前有個城鎮，居民都非常熱愛著詩、以致於只要隔一段時間沒有一首好詩出現，便認為這是一件非常不幸的事，於是大家都穿上最壞的衣服，蓬首垢面的跑到廣場上去，一把鼻涕一把眼淚的對著廣場中間的藝術女神大聲的苛責，認為女神背棄了他們。接著出現兩個青年詩人朗誦詩的爭辯、一個朗誦時被群衆轟下臺，另一個用同樣詩朗誦時，卻被群衆捧成了英雄，第一個不服和群衆辯論。反而被群衆罵成是嫉忌。他們說人家莊嚴地吟出「白日將驅散黑夜」，而你只會陳腔爛調「黑暗將被光明趕走」，什麼是光明？什麼是黑暗呀？當第一個辯稱這不是一樣的嗎？群衆更加憤怒，說如再強辯，就要把他撕成粉碎。最後一個白髮老者出來勸這個年輕詩人、他說：「你發表了你自己的思想，可是時間不得當，他雖然沒有發表他自己的思想，但是在適當的時間，結果，他被認為是對的、你獲得了一點良心的慰藉罷了。」

屠格涅夫這首詩是正面描寫廣場上發生的事件，用的是散文的敘述描寫方式，場景熱熱鬧鬧，有一個故事背景在支撐。白萩這首〈廣場〉則冷靜嚴肅，寫的是熱鬧退潮後，人去場空後的廣場實景，有所謂「鳥獸散」式的諷刺。三段一寫群衆，群衆是所有廣場聚會的基礎，但並不是所有的群衆都是忠實的擁護者，而且熱情不能持久，一哄而散後，還是回去擁抱女人最現實，這便是人性。二段寫銅像。銅像是所有廣場中的精神象徵，它是鑄就了要站在那裡振臂高呼，堅持主義的。即使沒有了高喊擁護的群衆，手也放不下來。這是一旦被塑造成偶像的悲哀，豈獨無體温的銅像。三寫廣場空曠後的場景。以祇剩風掃落葉這一意象來顯示無人廣場的荒涼非常具象徵意味。這三段詩各自獨立描寫一個場景，看似不連貫，而正是古詩中所講究的「句斷而意不斷」，也正是白萩一向所重視的「語言的斷與連」的實踐。

白萩的創作年齡很早，十六歲讀高中時即向《藍星》詩刊投稿，十八歲即以三十行的〈羅盤〉一詩，獲得中國文藝協會第一屆新詩創作獎。他和與他同年齡的女詩人林泠被譽為天才詩人，極得發掘他們倆的當時藍星詩刊主編覃子豪先生的賞識。我引

〈羅盤〉一詩首段六句，便可知年輕時白萩詩的震撼力：

握一個宇宙，握一顆星，在這寂寞的海上
我們的船破浪前進，前進！像脫弓的流矢
穿過海鷗悲啼的死神的梟嚎
穿過晨霧籠罩的茫茫的遠方
前進呵！兄弟們，握一個宇宙，握一顆星
我們是海上新處女地的開拓者

白萩是一個自覺性很強的詩人，他絕不重複自己，甚至連傳統也拒絕重複。他說過：「我絕不在一個定點安置自己、我的歷程就是我的目的。」因此白萩的詩一個時期有一個時期的特色。寫作初期、浪漫的精神很濃厚。像〈羅盤〉一詩便氣魄豪邁、氣象萬千，充滿向上的活力。到第二部詩集〈風的薔薇〉以至第三部詩集〈天空象徵〉便從詩本質的追求擴充到生命實存的掌握。接著出版的〈香頌〉便將個人與社會融合在一起，社會性特別強。而收入〈廣場〉一詩的詩集〈詩廣場〉，由於呼應當時臺灣社會的急速變遷，更有一股強烈的社會甚至政治的圖強感存在其中、可以看出白萩寫詩總是在與時俱進，他一直在期許自己要作為一個真正有成就的詩人，必須勇敢的不斷求變，日新又新。怪不得在一本〈七十年代詩選〉裡，喻他為一頭善變的「史芬克斯」（埃及的獅身人面獸），可惜他的詩生命到四十七歲以後，便因健康情形日差，而難以為繼。他已近二十年沒有寫詩了、這是整個臺灣詩壇都感到惋惜的一件事。

# 欣見綠蒂已成林

文學人的出路是在作品的出眾，
不會是各種虛名。
綠蒂已經走出那種虛擬的自我陶醉的個人抒情，
而去與廣大的世界對話……

枝椏等待秋天
海洋等待月光

雪落等待無痕無聲
火焰等待灰燼溫存

落葉等待腐朽轉化春泥

繁星等待長夜點亮蒼穹
故事等待愛情曲折發生
雨季等待陽光放大瞳孔

一切事物各有無盡的等待
輪迴也另類成等待的一種

上面這首詩一連串的各形等待，是節錄自綠蒂的新著詩集《春天記事》中的〈等待室〉，從詩題以及相類似的景觀羅列看這首詩，正如最後兩句所結語的，人間萬物都是在等待，只是結果不同。等待是投入希望的一種心情，沒有希望的出現便是空等一場。但即使雪落下來無聲無息也要等待，落葉明知必將腐朽化作春泥也得等待。

綠蒂從十五歲就開始寫詩，早在臺灣最早的一本最希罕的文藝刊物《野風》中即已展露才華。從最早的一本自印詩集《藍星》（一九六〇）開始，至現在出版的這本《春天記事》，他已出版了十本詩集，他的詩的旅程已經走過四十六個春秋，無論就詩齡看和就出書的數量言，他已足夠堪稱老生代詩人的一員，可是他常常無法與老一輩的詩人等量齊觀，他的成就反而不是因他的作品出衆，而是他全心投入的「服務業」，不是社長就是發行人，不是會長就是理事長。這些雖然也奠定了他在詩壇建樹的功業，然而做這種與志工無異的事是永遠不討好，是永遠不能盡如人意的，因此即使他傾家蕩產的投入也難以完全讓人諒解。綠蒂個頭矮小，娃娃臉型，雖然年六十仍然被人認為年輕，我想這可能是他不能擠進老字輩的部份原因。綠蒂個頭雖然矮小，但他卻和他有同樣遺憾的拿破崙一樣懷著垂天的大志，永遠不會為失敗所折服，就像詩中所言「雨季等待陽光放大瞳孔」樣的在忍耐在等待，他似乎深知文學人的出路是在作品的出衆，不會是各種虛名。他必須在忙碌不完的詩的「服務業」和得花更多時間和精力的詩創作上作選擇，如果兩者不得不兼顧則就必須設法抽出休閒的娛樂和陪伴家人的寶貴時間來為詩效命。究竟他是一個詩人，而且在有些場合他還必須代表衆多詩人。他知道如果沒有兩把刷子，他就沒有代表性，綠蒂這種兩難的煎熬是夠他受的。

這種醒悟是近三五年來被我們發現的。跡象在他詩作發表的密度和深度上，正如向陽對綠蒂詩的看法，他在說完綠蒂出版了七本詩集之後，總結的說「這些詩集的精神和風格基本上是一致的，語言明朗意象清晰感情豐富而微帶感傷，並且多半集中於情感世界的書寫，生命意義的探索」。然而在讀到這本《春天記事》，向陽的解讀有了新的發現，他說：「綠蒂終於還是找到了詩和生命對話的語式和內容精神，綠蒂終於找尋到了最能彰顯他的《美麗的聲音》的特色。他以平易的語言，常見的意象，通過生命的觀照、生活的觸感，營造出恬淡而鮮活的詩境。」誠然向陽對詩的看法是獨到的，內行的。然而我認為還應有所補充，即是綠蒂已經逼得放手一搏，不再保守踟躕，懂得放大瞳孔看世界，不再是像納森絲樣坐在井邊顧影自憐或坐井觀天。尤其是在技巧上，他從很多前衛詩人那裡學得大膽具有創意的經營意象，不再是看似美美的柔若無骨的自我傷感，而詩的詞彙則不再是永遠不脫煙與雲、花與蝶，星明與月冷，綠柳與桃紅，彷彿這個世界仍然還是桃花源，而不知周遭已變作福德坑。現在的綠蒂已經走出那種虛擬的自我陶醉的個人抒情，而去與廣大的世界對話與不同的風景對話，去和複雜的歷史對話，這當然是他這幾年來不再枯坐斗室發癡，而是藉著與世界交流，行走在世界各地而得到的靈敏與刺激，我們可以從詩題上衆多旅遊詩的出現得到這樣的印象，常說讀萬卷書不如行萬里路。確實行萬里路是從實踐力行中得到經驗，當然要比閉門造車強得多。向陽在這本書的序言中劈頭就說綠蒂是「早發而晚熟的詩人」，其實這是很多詩人朋友每看到綠蒂發表作品後會發出類似的越寫越好的讚嘆。我則有著「欣見綠蒂已成林」的慰安。終究綠蒂的詩被忽視太久了，他自我努力，由青澀的綠蒂發育成森林，我們難道吝於鼓掌。

# 回頭書VS空心菜

## ——讀連城．連水淼父子的詩

頭和心都是所謂的思考樞紐，
一要回過頭去，一則空了心，
這不是很有意思的暗喻麼？

初看這個標題一定會以為我在玩對對子遊戲，「回頭書」對「空心菜」是配得很絕的。回頭和空心都是一種不太正面的動作形容，而書和菜一屬所謂的精神食糧，一屬所謂的生理機能必備的副食品。然而這兩者的形容詞加上兩者的主詞以後便會衍生出另類的意義。頭和心都是所謂的思考樞紐，一要回過頭去，一則空了心，這不是很有意思的暗喻麼？然而這卻是兩首詩的詩題，分寫於兩代父子。寫〈回頭書〉的連城老先生業已過世，而詩的寓意卻仍暗合現實的情形，詩是這樣寫的：

回頭書

厚厚一冊才四十
我家是他的歸宿
以棉花酒精釀造的接風酒
為他洗塵　容光頓然亮麗
淡淡書香相對就撲鼻
腦海中波瀾起伏
一至高潮　把一支筆搖成繡花針
朵朵紅花飄落在字裡行間
卻猛然想起我也莫非
是回頭書　少年筆耕時
戰鼓驚天對烽煙匝地
磨刀急於磨筆
一擱筆就再提不起

老來舊癖復發
戰戰兢兢地揮毫
那些青春已冰冷的火花
如今隨思念而來
一樣耀眼　一樣愜意
咳一聲嗽又讀下去
若發現缺頁　還可請他
再一次　回頭

出過書的人都知道，書市一直不振，寫書的人多過買書的人，不能暢銷，沒有賣點的書，很快的在市場打一轉之後，便退回原處。連老先生這首詩的前面六句非常寫實，分明是在寫那本厚厚一冊才四十元的書被退了回來，他去處理這些已經歷經風霜的書的情形，感慨良多，才猛然想起自己莫非也是回頭書？他這樣想是有他的道理的。

原來連城先生年輕時，即在抗戰的烽煙下寫過詩，在廈門和詩友出版過《詩歌戰線》，也出過詩集《大地之火》，還曾遠遠投稿至江西上饒前線日報和香港珠江日報賺稿費改善生活，可見他在年輕時也是一個詩的狂熱份子。抗戰勝利後他來臺擔任公職，一九七九年四月，老先生的次女不幸過世，打擊得他的日子「不在愁中即病中」，因此又恢復以寫詩解憂、但因腦力老化，筆力大不如前，已難於見容於所謂已經遭受「現代主義」洗禮的詩壇。撫今想昔，連老先生乃有自嘲莫非自己也是回頭書的感慨。這首詩既道出了詩之道的崩落，亦寓意詩人老邁的悽涼。老先生在兩年半前過世，享年八十五歲、死前將他自民國六十九年至民國八十年所寫的二十首詩集成一小册，並在書前短序云：「此小書若陳於書坊，恐無人問津，必成回頭書，是以此小集叫《回頭書》」。記得民國七十年十月連城先生在《秋水》詩刊第十期發表〈礦工之歌〉一詩、其中有「黑暗湧過來，我們挖過去」這種豪邁有力的句子，曾幾何時歲月壓迫他自嘲為一本恐無人問津的回頭書，時間是何其殘忍。

連城老先生一家詩書繼世，他的次子連水淼也是一位卓有成就的詩人。民國六十年左右即開始投身現代詩寫作行列，與以情詩見長的詩人沙穗及當時在空軍服役的張堃，三人在屏東合辦《暴風雨》詩刊，並曾獲得海軍第一屆文藝金錨獎的新詩獎，出版過七本詩集，作品曾入選國內各大詩選集。連水淼最膾炙人口的一首詩即是在民國六十九年三月五日發表在聯合報副刊的〈空心菜〉，這首詩一出曾連續入選六本詩選集。這首詩的好好在鄉土味重，而且有俚俗的歌謠風：

一鍋清粥
一碟空心菜
消夜 消夜
簍燈亮了一夜
一號桌一碟空心菜
二號桌也一樣空心菜
沿著桌號叫下去
好一道空心菜
沉睡的菜圃呵
曙色剛到來
阿匹婆匆忙地過去又過來
空心菜喲 空心菜
莖葉離去根仍在

風雨過去新綠來
挖空心思的人們吃著空心菜
從不用腦筋的阿匹婆
只知道把根留下來
把根留下來！把根留下來！
風雨過去新綠來
祖傳的土地
萬世的根基
不斷的空心菜
把根留下來！
把根留下來！

詩人兼評論家蕭蕭寫《現代詩入門》一書時，曾將這首詩收入詩例篇的植物類予以分析，認為空心菜是一種平民百姓的家常菜，將之寫入詩中是詩人的「眼」與「心」同時開放所使然。同時認為這首詩在語言上具有諧趣，特別在情境、韻腳、語義上設計巧合，且能維持題旨的嚴肅性。我認為除了蕭蕭所言取材平實和語言諧趣外，最重要的是通俗而具深意，能反映出大我生生不息，民族源遠流長的意思。而「莖葉離去根仍在、風雨過去新綠來」這種對仗歌謠式的詩句出現在現代詩中，也是一種值得鼓勵的新嘗試，至少不會讓人對詩產生拒人於千里外之感。

# 驚喜悲憤讀沙穗的〈皺紋〉

〈皺紋〉是青年詩人沙穗在聯副上發表的一篇新作。這首詩我讀之再三，不由已的產生了兩種不同的感想。一是驚喜，一是悲憤。我驚喜的是，現代詩寫了這麼卅年，終於有了沙穗這枝筆，把我們上一代的那張臉，那被一刀一刀割過，流過不知多少血的那張臉；那深藏著六十年來中國一顆一顆淚的臉上的皺紋，平實卻又驚心的展示出來。似乎在有意的提醒我們，不要因現時的逸樂而遺忘過去的傷痕。悲憤的是，沙穗在這一詩中所點出的場景，至今仍是刀光劍影，舊的皺紋猶歷歷在目，新的皺紋卻又在不斷的加添。國際陰謀份子似乎存心要置我們於死地，方稱他們的心。

沙穗的〈皺紋〉是這樣寫的：

皺　紋

——獻給父親

年輪是一圈一圈的
皺紋是一刀一刀的
如果說中國是一張滿是皺紋的臉
這張臉
也不知被割了多少刀
流了多少血？

父親的臉也滿是皺紋
這些皺紋都是
北伐抗戰剿匪的
刀痕

這些一刀一刀的皺紋
深藏著六十年來
中國　一顆一顆

的淚
淚不一定是懦弱
父親說　他有次在淚中揮刀
那一刀　濺了他一身
敵人的血

這首詩的一起始就有著不凡的氣勢。兩個同型的句子，劈面的擲過來，使人感到招架十分沉重。沈德潛在「說詩晬語」說，一首詩「起手貴突兀」，「直疑高山墜石，不知其來」。本詩的起始就近乎這種手法。

第一句「年輪是一圈一圈的」，粗看起來與全詩的關係，似乎隔了一層。實際上這是進入這首詩的引子。因為這首詩的主題與歲月有著密切不可分的關係，一圈一圈的年輪即是暗示歲月的更遞，並描繪出歲月具體的面貌。與主題的「皺紋」有著異曲同工之妙。第二句「皺紋是一刀一刀的」，猛然一看也有點不近情理。一刀一刀砍下來的是刀痕，不應該是皺紋。事實上這裡所說的皺紋就是刀痕。因為在這段接下去的第五行和第二段的第四行的詩中已經點破。何況細究之下皺紋出自刀傷在常理上也講得通。復原後的刀傷表面會起皺紋不說，平常我們提到人體上的皺紋，總會說那是飽經風霜的結果。而對刺骨的寒風會形容說凜冽有如刀割。如此詩人說皺紋是一刀一刀所割成，又有何不可？詩人用字遣詞本來就有幾分誇張的特權的呵！

緊接著詩人用一個假定語法把詩向主題帶進。他把我們這個滿目瘡痍的國家看成一張滿佈皺紋的臉。這張臉不是被割了多少刀，流了多少血。句子很淺，用字不深，一個簡單意象的運用，卻讓人從情感與經驗中觸發貼身的傷痛。割了多少刀，不用去數。流了多少血，也不用去量。也不用細究這些傷痛的來源。不妨套用一句余光中的詩，「答案呵答案／在各人的心中。」

但是詩人還是將答案寫出來了。他把詩的鏡頭轉向了「小我」——父親的臉。他說父親臉上的皺紋「都是北伐抗戰剿匪的／刀痕。」誰都知道北伐，抗戰，剿匪是中國近代史上的三件大事。代表著中國人對內變外患所作出的抵抗。中年以上一代的父親都曾參與。沙穗在這裡雖說寫的是父親，實際上是以父親作抽樣，仍寫的是整個中國。

下面第三段，作者的筆描得更細了，指向了臉上的皺紋。像是用一支解剖刀他在皺紋裡發掘。結果他發現那一刀一刀的皺紋裡「深藏著六十年來／中國　一顆一顆／的淚」。皺紋裡不是藏東西的地方，但在中國人臉上的皺紋裡卻藏得有淚。意味著皺紋的深沉，暗示著皺紋形成的隱痛，代表著六十年來我們的中國歷盡了多少艱辛險阻，遭遇了多少妖魔鬼怪。傷了多少中國人的心。

全詩寫至此處，主題該描述的地方已經入情入理，如果是一個不嚴格要求的作者，他可能就此止住。然而那將是一首多麼平淡無奇的詩？又假定遇到一個拙劣的作者，他再繞著皺紋作文章，那又該是多麼乏味。畢竟沙穗是高明的。他把筆觸再縮小，去寫那一顆一顆的淚。

人的淚不是輕易流出的，不是樂極就是深悲。要男人流淚更不簡單。故有所謂「丈夫有淚不輕彈」之句。而六十年來中國所受的屈辱欺凌，豈止是傷心，簡直是隨時讓人憤怒得要揮刀相向。所以沙穗在本詩的第四段一起始就說明「淚不一定是懦弱。」怎麼樣的不懦弱，他拿父親的一個憤怒的行動來作引證。最後這幾句詩他寫得最具技巧，也最傳神。在混亂的接戰行動中，父親含淚揮刀，那一刀砍下去，如果掄空，他自己就會挨刀，還好，「那一刀　濺了他一身／敵人的血。」父親的那一刀沒有白揮，他結果了一個敵人。但詩中沒有說出，卻讓「敵人的血」來代說。明江進之在「雪濤小書」中論「巧詠」一篇有云：「大凡詩句，要有巧心。蓋詩不嫌巧，只要巧得入妙。」沙穗這首詩的收尾就巧得非常入妙，簡直非思議所及。而這一整首詩就因有這一令人震懾的收尾，使整個氣氛都鮮活起來，而在讀詩人的情緒上也有一個滿足的交代。

讀完全詩，我們會發現這首詩的四段有如從大至小的四個套環，分開來是四個獨立渾圓的圈，套在一起又是一個豐盈充實的圓。十足顯出作者對文字駕馭的功夫，和分段銜接技巧的高超。

從讀過的沙穗許多詩作中，我們會發現沙穗是一個最會在日常事物中提煉詩思，捕捉詩的靈感的詩人。他的詩中具有強烈的社會使命感，但都透過藝術的手法求表現。他的文詞從來不講求華麗，有時白得近乎俚俗。但衹要我們去接近就會被他詩中的理趣所吸引，真摰所感動，而愛不忍釋。濟慈曾說：「詩應該能使讀者感覺到彷彿正道出他心中蘊藏的幽思，而生出似曾相識的感覺。」沙穗的詩就具備有這種功力。在衆多茁起的年青詩人中，沙穗無疑是令人刮目相看的一個。

——六十九年二月廿九日夜

# 眼神及處有永恆

## ——讀陳斐雯的〈丙級想像〉

想像得到
永恆就在我家庭院
長春藤左右
晨露宿處，落花下
草芽茁生的分寸間
但我卻遍尋未見

往事如煙我知道
窗外有貓在風中走

盯著陽光回憶的陰影看
不說話了

想像得到
永恆就在眼神及處
大門口左右
倦履泊歇的路旁
微笑時
雲朵與雲朵的頷首之間

陳斐雯是個「像貓那樣安靜」（她的詩題）的才女，見過她人的恐怕沒有幾人，但她的詩卻人見人愛，她的三十五行左右的詩〈地球花園〉、〈養鳥須知〉和散文詩〈貓蚤札〉都曾上過各種詩選，廣為流傳，並有人寫論文研究。老詩人周夢蝶愛才惜才，非常欣賞陳斐雯這種靈動黠慧的詩，曾大量購進陳斐雯的詩集《貓蚤札》送人，他說好詩要與大家分享。

陳裴雯很謙虛，連她的想像力都不敢高調，所以這首詩的題目取〈丙級想像〉，其實詩中所要表現的層次非常高，她所要寫的是白痴都會妄想的生命最高價值「永恆」。「永恆」這個名詞非常抽象，幾乎無法用具體的形象表達出來，就像「風」一樣，物理學上的解釋「空氣之流動是謂風」，然而誰能看到風在流動，除了藉助觀測樹葉的擺動，波浪的起伏，或衣角的翻飛。永恆也是一樣，得靠想像它的所在，去尋找，去捕捉，所以這首詩便從想像出發，結果假定無所不在的「永恆」，明知「就在我家庭院／長春藤左右」，「就在眼神及處／大門口左右」，甚至在「雲朵與雲朵的頷首之間」，但還是遍尋未見。找尋永恆，追求永恆是所有人類都在追尋的一件終身大事，但找到永恆，進入永恆的真是鳳毛麟角。在宗教而言，「道」就是永恆，但「道」在哪裡呢？莊子打啞謎的說：「道無所不在，在螻蟻身上，也在稊稗裡。道在磚瓦裡，道在屎尿裡。」莊子是天才的哲學家，對這種形而上的東西，他也沒辦法說得具體，只得像這首〈丙級想像〉所示，到處尋尋覓覓。

名詩人余光中寫過一首詩叫〈與永恆拔河〉，他大概是唯一宣稱要與永恆那「蠻力」較勁的詩人，他沒有女性詩人那種興致去尋覓，但他也有自知之明，一開始他就說：

輸是最後總歸要輸的
連人帶繩都要跌過界去
於是遊戲終止
—又一場不公平的競爭

雖然如此，但他也終究和平凡的人一樣，想圖僥倖，於是他接著寫出：

但對岸的力量一分神
也會失手，會跌過界來
一隻半隻留下
腳印的奇蹟，愕然天機

但最後他遇到的終究是個「緊而不斷，久而遇強」的誰也未見過的強硬對手，既未分神，也未失手，結果仍落得連人帶繩踉蹌被拉過界而去。與永恆拔河總是連永恆的影子都未見到，他必先贏，落得勞而無功。

我這人生性怯弱，且不夠細緻，我永遠記得一位生前連掛單都沒有廟接納他的清岩和尚，在圓寂前寫下的八個字：「不愁無廟，但愁無道」。因此我也寫了六句詩，作為我對永恆不同的憧憬：

不妄想和永恆拔河
不願被那蠻力就擒
更無意追逐那虛幻的身影
只想緊抓住手中的每一瞬
將零碎的時間打造更精純
連綴成生命延續久遠的長城

# 詩人能夠做什麼？
## ——讀麥穗的〈追夢〉

臺灣寫詩的人口在各文類中衍生最快。但也淘汰得像浪花樣轉瞬即逝。詩人口成長快的最大助力，乃在多得不可勝數的文學獎的鼓勵。無論大小文學獎，以詩類參加的人最多、主要乃在參賽的條件最簡單，三五十行，總字數頂多約六百字，比一篇散文的要求都低，何況何者為詩，何者非詩，評的人見仁見智，往往一個驚天動地的大詩人便在一夜之間面世了。詩人這頂桂冠如此輕容易取得，且有巨額獎金助勢，那些真正在寫詩，一輩子都執著在詩的追求上，而又不求聞達於諸侯的老實（詩）人，便被這些助長出來的小將們所淹沒了。這些被埋沒的真詩人頂多衹能在一些非主流的詩刊或同仁雜誌上露面。

麥穗便是這樣一個一直被忽視，從來沒被視為一個 MAJOR 的大詩人。其實論輩份、麥穗是當年現代派成立的第一批加盟者，但他從來沒被視為是現代派的一員過。麥穗曾經是覃子豪的文藝函校詩歌班第一期的學生，他和「藍星」詩社的主要發起人夏菁曾是臺灣農業單位最早（一九五一）的同事，也曾受夏菁的影響在一起談詩，讀詩、寫詩，他現有的藍星早期詩刊收存最齊全，但他也從未被視為「藍星」的一員。他和「秋水」詩刊的創始人古丁和涂靜怡都曾為早期的「秋水」打拼過，且曾擔任過秋水詩刊的編委，但他沒出現在秋水同仁中，麥穗是詩壇的閒雲野鶴，從來不會固定停留在某個險要山頭，也不覓食在那一處豐富的水澤，他的閒適的個性，和他與森林與伍的志業，使他只與詩壇保持若即若離的疏淡的關係，一輩子就蝸居在烏來那處山野中，作一個名符其實的「森林詩人」。外面詩人間的大小爭執，權位爭鬥，驚擾不了他的山居生活。

〈追夢〉是麥穗這生寫下的第七本詩集，內收自一九九三至二〇〇四年間發表的數百首作品中的一百六十九首詩作。詩人在後記中說，從前有人為詩人下過定義，說「詩人就是那些過了四十歲還在寫詩的人」，他認為在人活得越來越健康，越來越命長的今天，應該修正為「年過七十還在寫詩的人」；還說雖然年齡和好詩不一定能畫上等號，但經驗和歷練卻是寫作的必備條件。他之所以年過七十仍堅持在寫詩，和周遭一群同齡層的詩友一樣，就是想做一個真正的詩人。偉哉斯言，這一認知，可比那些一舉成名便成絕響，或越寫越爛，卻仍享受普世推崇的大詩人要務實得多。詩人嗎！詩是唯一證明，詩人不應靠他曾經寫過詩這張空幻的「榮民證」維持他詩人不朽的身份。作一個真正的詩人就是要不斷有詩寫出來。

一個詩人通常會有兩種態度在繼續寫詩，一種是自身生命力的發揮。一種是文化生命力的傳承。前者通常是指作小我的書寫，後者則會被認為是關懷大我。有的詩人執著於一種，獨行其是。但如兩者都兼顧，肯定是大詩人應有的胸襟與抱負。我們看麥穗的這一百六十九首詩，便可以發現他從沒寫出完全只有自己能懂的個人話語，他在廣泛的題材中，將小我融洽於大我，大我的完成中不忘小我的微弱的呼聲。他總是隨自己的行止，記錄一些觀察大我的得失，然後道出一些小我的感觸。說得好，如古丁所言「真實地寫下了他的生活」，其實是以良知為人生記錄一些亙古不變的真實面。且以「孕婦」這一少人道及，縱算寫也只描繪一些人盡該知的女性懷孕艱苦現象，那是不算什麼創意的，且看麥穗這首〈孕婦〉，便會給人帶來一些新鮮的感覺：

起初

都想將逐漸的隆起
掩蓋
終究還是挺著他
在大街小巷
亮相

管他是香火的延續
或是生命的繼起
反正這世上
沒有比生命包容著生命
更美
更神聖了

這首詩真是會如大陸名詩人韓東所言「詩到語言為止」，這麼平白的詩，沒有經營什麼深奧的意象，也沒加入什麼刺激的衝突，卻會讓人有「這麼平凡的真理，為什麼我卻有看沒有見？」的驚奇感。確實在這個人人都像刺蝟的今天，真的沒有比孕婦一樣「生命包容著生命」更美，更神聖。

詩中「反諷」的運用，其實也是一種恨鐵不成鋼，或莫可奈何的神經反射，它其實還是出於一種對別人或整個社會人類的關懷。麥穗深居山林，卻與人間並未隔絕，各種光怪陸離的陰暗現象、他也不吝取材在詩中，反諷是他慣用的為詩手法。〈後門〉一詩便是這樣冷靜的寫出的：

後門
永遠是虛掩著的
門口像灑遍了乾冰
透著一股隱隱約約的
神秘

因為是虛掩著的
所以不必通報

更毋須按門鈴
但有一事務必注意
要進去前
先得瞧瞧
周圍有沒有旁人

這首詩也是純客觀陳述一個事實，是針對走「後門」這種見不得人的腐敗現象，而端出的一面照妖鏡。詩的出現也是只有冷靜，沒有誇張；只有暗諷，沒有明槍。像這樣帶著輕微譴責口吻的詩還有多首。另外有一首詩，也是好多人想寫，卻從未見有人寫過，也未見有人敢寫，因為一寫便寫出是非，便牽涉到不願觸碰的禁忌。這首詩題稱作〈你們到那裡去了？〉，是他參觀二二八紀念館後有感而發。詩中的「你們」當然不是館中在被追思被懷念，個個被尊敬為勇士、烈士，個個有名有姓，家屬且已獲豐厚補償的二二八受難者，認定為受害的冤魂。而下落不明的「你們」則是他們認為的加害者、一群隔海而來的屠夫。詩人對此發出了不平之鳴，詩中第二第三段有非常誠摯的詰問：

他們是無辜的一群
他們是受害的冤魂
那麼你們呢
你們遠渡重洋
到這片陌生的
卻是祖輩鄉親們用血汗
開拓的島上
經商　求學　謀生
難道都是罪惡滔天
難道都是死有餘辜

不明由來的刀槍
加諸他們的身上
也刺穿你們的胸膛

他們因希望落空而憤怒
你們因憧憬寶島而喪生
誰是罪魁禍首
至今仍莫衷一是

詩人在參觀紀念館，看到他們的受難者都得到尊敬補償，且被敬為勇士，烈士之後，不免在詩的結尾有如下的悲痛的聲音：

而你們呢
從一具具無名之屍
成為一個個孤魂野鬼
唉！情何以堪

這確是一首沉痛莫明的追魂詩，而且這詩中的「你們」會永遠沉冤在那段混沌不明的歷史中，即使千秋萬世也無法洗清「你們」不明不白的罪名。麥穗這首詩的價值稍微可以告慰那些真正屈死的亡魂，也為那段不幸做一反證。詩人能夠做什麼？也不過是有勇氣說幾句真話，對得起這個崇高的虛名。

——二〇〇五年七月十七日海棠來襲之夜

# 輯三：詩題趣談

# 初篇：詩題談助趣味盎然

題目之於一本書，
恰如姓名地址之於一封信，
其目的首先在於把一部份可能對其內容感興趣的讀者，
引到本書面前來。

在沒有導入正題談詩的題目以前，先稍提一下「題目」兩字的定義。在《辭源》和《辭海》裡都是說「詩文之題也」。《國語日報辭典》解釋是「詩篇・文章和書本的總名」。《英文韋氏大字典》的解釋為「演説・文章，或一段文字的題旨」。從以上的解釋，我們可以瞭解文章的題目就是一篇文章的總稱號。就如同每一個人都有一個名字一樣。有人說「字為文章的衣冠」，事實上，真正可為文章之冠的應該是「題目」，通常我們看一篇文章總是先看題目，然後再看內容。尤其是繁忙的編輯檯上，每日來稿堆得像小山坵一樣的時候，除了名家的特約稿件，題目有創意，很吸引人去追踪其內容究竟在搞什麼把戲的文章，往往容易受青睞。至少可達引起注意的目的。

也許德國著名哲學家叔本華對「題目」的看法可以供我們作擬題或看文章時的參考。叔本華認為，題目之於一本書，恰如姓名地址之於一封信，其目的首先在於把一部分可能對其內容感興趣的讀者，引到書面前來。所以他認為：「題目應意味深長，而且簡明扼要而又含蓄，可能的話，只用一兩個字來畫龍點睛。冗長無物的，繁瑣的，側目而視的，模稜兩可的，以至虛假誤導的題目都是壞的，如果是一封信，一定會遭到誤投的命運。

但是最壞的還是偷來的題目，即是另一本書用過的題目。這是一種剽竊的行為，完全缺乏獨創性。如果題目沒有足夠的獨創性，則其內容也就不可能創新。還有一種是模倣，即是半偷的題目，舉例而言，我寫了一本《論自然中的意志》，之後不久，一位丹麥的物理學家厄爾斯特德馬上也來了一本《論自然中的精神》。」

從叔本華這樣嚴肅守正不阿的眼光來論題目，對一般的文類會頂適切，且會認為理所當然有如此這般的要求的。寫小說和寫散文的作家，就非常正視題目的意味深長和簡易扼要且極含蓄，古典的像「紅樓夢」，像「鏡花緣」；現代的像「藍與黑」，像「鐵漿」，像「竹籬笆外的春天」。即使電影也一定要取一個既響亮又有深意的片名。記得早年的西片電影都以重金徵求片名，結果好多名片都翻譯成非常有深意的詩化名字，譬如「獨留青塚向黃昏」，「妾似朝陽又照君」還有「秋霜花落淚」等等想像空間極為寬廣的片名，即這美妙的片名就具十足的票房價值。

我是一個寫詩讀詩看各種詩論四十多年的「詩癡」，但從沒有讀過一篇論「詩題」的文章，而且寫詩的人在選題時從來沒有如叔本華那樣嚴肅過，有時根本反其道而行，於是我便開始注意詩的題目，它在詩人寫作時如何冒出，以及詩人對詩題在詩中的位置有何看法。然而真正讓我對詩題感興趣的，還是一個從愛沙尼亞來臺訪問的女詩人。

一九八一年的二月下旬至三月初之間，一位加拿大籍的愛沙尼亞女詩人烏麗雯(UREV)女士經由韓國女詩人金良植的介紹到臺灣來訪問，不少詩人都和她見了面，且和這位罕見的來自鐵幕國家的女詩人相談甚歡。筆者由於略識幾個檞形文字，便權充了和她溝通的橋樑，因而也與女詩人接觸較多。她雖然也出版了幾本愛沙尼亞文集的詩集，但那次來臺卻沒有隨身帶來，只帶了一札英文打字的詩頁，傳閱給大家看。我看了一頁覺得詩味甚佳，再翻至下一頁時，發覺詩行沒來由的冒了出來，再看下一頁時也是如此，找不到標題，以為是頁次弄亂了。接著再翻幾頁，發現竟有好幾首短詩，都是光禿禿的只有詩行沒有題目。於是我就悄問她的夫婿艾地戈・卡羅克斯(EDGO KARUKS)先生，他也似乎是第一次發現，於是我倆幾乎同時問烏麗雯女士，為什麼這些詩都沒有題目。她的回答很直接說：「這些詩沒有題目。」她的先生驚奇地又問了一句，用的是愛沙尼亞母語。她馬上反問：「詩一定要有題目嗎？我認為詩的題目是沒有什麼意思的，主要還在內容。如果認為一定要有，詩的第一句，就可作題目。」她這幾句話說得理直氣壯，把她的先生說得一愣一愣，我當時也吃了一驚，詩居然可以沒有題目。詩人的詩果然非常注重內容。我當時口譯了一首詩中的幾句唸給大家聽：

就像鳳凰我焚自己為灰燼
而自灰燼中
創造自己的新生
我足堪自豪的羽毛已撕成碎片
拒發一切的歌聲

這幾句詩我把題目譯成「鳳凰」，取其詩第一句中的鳳凰二字，是很貼切的、大家聽了都很佩服這位流亡女詩人的果敢和勇氣。從這第一句中取字為題，使我想起杜甫寫給李白的詩「不見」和王荊公寫的五言絕句「染雲」，不都是取自詩中第一句的頭兩個字麼？可見詩的題目還有很多趣譚可寫的哩。

# 續一：沒有題目的詩

題目在其他文類裡都很重要也很重視，
但是在詩裡面，
詩人對題目的處理，
似乎另有一套，
而且五花八門……

題目在其他文類裡都很重要也很重視，但是在詩裡面，詩人對題目的處理，似乎另有一套，而且五花八門，為了證實我的觀察所得，我把它分類介紹出來，也許能引起大家的興趣。首先要介紹的就是「沒有題目的詩」。所謂「沒有題目的詩」又可分成三類來檢視：

第一類沒有題目的詩。就是我們最常見的古典詩中的所謂「無題」、「失題」、「闕題」、「不題」等詩。尤以李商隱寫的無題詩最多。據清朝馮浩所著〈玉谿生詩集箋注〉所載三卷浩繁的詩作中，其中有無題詩十七首，失題詩兩首。李商隱的無題詩歷來注釋迭出，論說紛紜，但也並非他一時一地之作，取材廣泛、內容多樣，既有寄意深遠的政治詩，更有哀戚頑豔的愛情詩，也有其他抒情詩，詩中之意不便明言或不能以題道出，就只好以「無題」迴避。有人說李商隱為了免涉入當時的「牛李黨爭」故而隱諱題目，怕也是原因。這種詩雖然看起來在詩前有兩個字，但有也等於無，不讀詩的內容，就沒有辦法在題目上得到任何暗示。在現代詩中也有一些詩像這樣等於沒有題目，譬如「短詩五首」或「四短章」，後面是一、二、三、四、五，或A、B、C，就像有些現代音樂或抽象畫一樣用編號代替。

第二類沒有題目的詩是「根本沒有題目」，就如同上篇愛沙尼亞女詩人烏麗雯所提供的詩一樣光禿禿的。有一年音樂家梁在平教授介紹一位年輕的女詩人認識，她拿一些詩作給我看，發現其中有些詩只有詩行，沒標題目，她說那些詩是從她日記中抄下來的，所以沒法安一個題目。自此以後，我特別注意是否還有詩沒有題目的例子，結果居然發現荷馬的史詩〈奧德賽〉與〈依利亞詩〉在早期就沒有名字，這兩個標題是後人加上去的。美國早年的拓荒詩人惠特曼的〈草葉集〉在一八五五年七月初版問世時，只收集了十二首「無題詩」，全書才薄薄的九十頁，書上連作者的姓名都不詳，只附一張作者一手扠腰，帽子歪戴的小照。次年再版詩，詩增加至三十二首，每首加上標題，篇幅增加到三百八十頁。對英美詩的發展貢獻卓著的美國詩人龐德，他的重要作品〈詩章〉(CANTOS)共一百零九首，都沒有標題，只有編號，這些詩章的內容異常雜亂，時空背景，歷史脈絡，很難索尋。譬如詩章第LⅢ居然是按照我國的〈朱子通鑑綱目〉概述中國歷史，為探求一理想而完美的政治制度。沙士比亞的一百五十多首十四行詩都是沒有題目，完全是用編號。據說西洋的詩直到文藝復興以後才開始重視標題，因為當時的批評家評論其他文體，都是有題目可以引證，詩人為了也想獲得批評家青睞，於是也開始安上詩題，好讓人家品題論詩。

第三類沒有題目的詩事實上它還是有題目，但是有也等於無，我們根本無法從詩題一窺詩中的玄機。杜甫有很多五言詩，題目都是摸不著頭腦的兩個字，真不知究有何所指。上篇尾提到的〈不見〉就是一例：

不見李生久，佯狂真可哀，
世人皆欲殺，吾意獨憐才。
敏捷詩千首，飄香酒一杯。

匡山讀書處，頭白好歸來。

如果不讀詩的內容，絕對不會想到這是杜甫在得悉李白已在流放夜郎途中獲釋，表現出的關懷之情。又譬如晚唐李商隱寫的〈為有〉，不讀原詩，真不知「為有」什麼？

為有雲屏無限嬌，
風城寒盡怕春宵。
無端嫁得金龜婿，
辜負香衾事早朝。

原來這詩將第一句的頭兩個字「為有」拿來作詩題，看來是在為一官宦之家的初婚婦人的怨情作一提示，原來金屋藏嬌，兩情繾綣，但到天明，夫婿又得早早離去朝見天子，忍受春宵獨臥之苦。其實在李商隱的內心，是在表達他牽涉到牛李黨爭左右為難的苦況。像這樣詩題的出現，根據我的推斷，應該不會是先有題目才有詩，很可能是有感而發，因事興起，詩便開閘放水般一揮而就，首兩字就順手作了題目。也可能是這種隨興而來的詩，措手不及，題目難擬，又不願太洩題，所以就在詩句中找迫近的字來作題，不過我們讀完詩再核對題目，覺得真還切題。筆者曾經寫過一首詩題目叫〈未知〉，也是寫好之後才在詩中的第二段的最前面兩個字取作題目：

猶記
風暴將至未至之時
他倚門而立
夜色下，龐大的影子
穩重如趺坐千年的磐石
未知
蘆葦才一欠身
他竟不安成一串風鈴
碰碰撞撞的
把一宇宙的平靜都攪混

這樣一首詩的獲得是看到一個我所尊敬的朋友平時看來穩重篤定，一遇風吹草動便會突然不知所措給我的感受，事先並無題目，寫好也不知叫什麼好，更不願在題目上透露，就以〈未知〉來暗示，我覺得這樣取題也很好，而且有想頭。

# 續二：題目祇是識別符號或暗示

宇宙本身就是最偉大的一首詩，
如果一個詩人把他的作品妄加上題目，
就會顯得傲慢自大。

詩的題目與詩本身不發生關聯的例子尚很多，有時它祇是一個識別符號，甚至祇不過是詩前面的一個暗示。首先我要介紹一位美國詩人慕禮生先生。他是英美現代詩的權威，已在臺灣的臺灣大學及師範大學任教英美詩學至少有二十年的歷史。記得他剛來臺灣我們認識時，他送給我三本詩集，詩集的名字分別是〈SLEEP〉、〈O〉、〈LIGHT〉。這三本詩集的扉頁裡面都印有一個用英文字母排列的圖案：

```
  S
  O
  LUNA
     R
     E
HERMES
E
R
APHRODITE
        L
```

我起初看不懂這英文字圖案是什麼意思，後來一對照封面上的書名，才知道這是他按照每本書的書名第一個字母排列而成。S即是〈SLEEP〉、O即是〈O〉、L即是〈LIGHT〉、哪一本書是書中圖案哪一個字母會著上顏色，以示識別。這樣引起我很大的興趣。因為從他這三本詩集中，除了第一本〈SLEEP〉是由很多短詩組成的集子外，其他兩本都是以數字來分段的長詩，而〈SLEEP〉集子裡卻沒有 SLEEP 這首詩。於是我便好奇的問他，他這才告訴我，這個英文字圖案的七個面，共計二十六個字母，每個字母代表一部書，即是他要寫二十六本詩集，這是他一生的寫作計劃。巧的是，這七個面既有「日月金木水火土」的寓意，而又有「紅黃藍紫棕白黑」七色的表象，更有太陽神、月神、戰神、智慧之神、土地神、愛神、死神的象徵。而黑色又代表非洲，黃色代表亞洲，棕色代表印度，藍色代表希臘，白色是美洲，綠色是歐洲。至於〈SLEEP〉是表示做夢時寫下來的詩。〈O〉是表示空，也是代表時間（鐘面），又可以象徵太陽。〈LIGHT〉則是光明的意思。他把這二十六本詩集的書名連成一起，他認為那就是一首詩。

我再問他這樣事先設定題目寫詩，是否即表示將來詩的內容就為題目所限定，他說題目與詩沒有關聯。各自呈現各自的意義。他還舉出惠特曼的一句話說：「宇宙本身就是最偉大的一首詩，如果一個詩人把他的作品妄加上題目，就會顯得傲慢自大。」

我問他的時候他已完成S、O、L、U、N、A這前六部詩集，出版的僅前三部。全部完成要到他七十歲，當時他才四十出頭。

像慕禮生這樣規劃一生寫詩的詩題的詩人，可說不多。而詩題久久難產者，則就首推俄國詩人馬雅可夫斯基。馬雅可夫斯基在一九一四至一九一五年之間寫了一首長詩，根據當時規定在發表前必須先送有關衙門審查，結果不但被檢查官删掉了六頁，而且連題目也丟掉了，這首由四部樂章組成的長詩，本來的題目是〈第十三個使徒〉，源自基督教對一般信衆的尊稱，都是基督十二個使徒外的第十三個使徒。但是不知如何不合檢查部門的規定，因而成了一首沒題目的詩。馬雅可夫斯基為此苦惱了兩年多，最後才決定取名為〈穿褲子的雲〉，其所以取名為這麼一個令人難以理解的詩題，恐怕也是沒有辦法中的辦法，也衹好就地取材，從詩中取出這麼一句。這句是在他的長詩前面的序曲部分。現在我將此句的前後詩行摘下，看能不能找出取此為題的端倪：

粗魯的人在定音鼓上敲打愛情
溫情的人
演奏愛情用小提琴
你們都不能像我一樣把自己翻過來
使整個身體變成兩片嘴唇

假如你們願意——
我可以變成由於肉慾而發狂的人
——變換著情調，像天空時晴時陰

假如你們願意——
我可以變成無可指摘的溫情的人
不是男人，而是——穿褲子的雲！

據出版馬雅可夫斯基這首長詩的序言中說：「這部長詩是寫給他的女友莉・尤・勃里克的。這部長詩不僅敘述悲劇的愛情，同時也指出悲劇產生的社會原因。」

如果從字面妄加猜測，雲本是自由自在天空來去自如的，如果把雲穿上褲子，便是使雲受到拘束，受到委屈。如果誰願意變成一個無可指摘的好好先生，他就不是男人了，而是一個失去自由的溫情主義者，就如同將雲穿上褲子一樣。這是一個多麼誇張的暗示。馬雅可夫斯基這首〈穿褲子的雲〉由於題目新奇，受到很大的重視，也影響了一些詩人，臺灣名詩人瘂弦的長詩〈深淵〉裡有這麼幾句：

哈利路亞！我們活著，雙肩抬著頭
抬著存在與不存在
抬著一幅穿褲子的臉

這「穿褲子的臉」很難令人相信不是脱胎自〈穿褲子的雲〉，但也另有創意。

# 續三：有時衹是詩的裝飾品

詩題既然猶如大衣左邊那排多餘的鈕釦，
與詩本身並無必然的意義，
大概除了做裝飾和襯托外，
真也別無他用。

關於一切文章的命題，有的人是先有了主題，想好一個題目，再動手寫內容，有的人是先有了內容，寫完以後再找一個題目安上去，但是這個題目是不是切合內容，就寫詩的人而言並不那麼重要，有時甚至認為那衹是一個裝飾品。

名詩人洛夫早年寫過一本詩集名《石室的死亡》。這是洛夫先生最重要的一本著作。這本著作的意圖是要透過繁複的意象，以純詩的方式，對人的生與死提供出一些與傳統不同的觀點。這本詩集的意象取用得非常孤絕，心象的活動也濃密得化不開，所以一般人很難進入詩中，即使一個成熟的詩人，由於不曾領略過八二三炮戰，沒在金門坑道中待過，知道下一刻生死存亡的痛苦經驗，是不會懂得詩中飽含的辛酸的。但是不可否認的是，這是一本非常有功力的作品，也可以說洛夫就是通過了這種繁複的思考過程，爾後才能進入爐火純青的化境。但是洛夫對於他自己把這本詩集取名為《石室的死亡》，認為是一種莫可奈何的作法，同時他認為詩題是多餘或沒有意義的，他在這本詩集的序言裡說：「詩成之後，苦於命題，這是過去沒有的現象。我一向覺得詩的題目猶如大衣左邊的一排多餘的鈕釦，對詩本身並沒有必然的意義，所以給這本書叩以《石室的死亡》，乃是隨便擬就的，與這些詩的任何一首均無關係。」詩題既然猶如大衣左邊那排多餘的鈕釦，與詩本身並無必然的意義，大概除了做裝飾和襯托外，真也別無他用。

洛夫的這一主張，支持最力的是香港一位教授級詩人李英豪，他在論《石室的死亡》這篇論文中就說：「現代許多詩人常苦於為詩的標題命名，其實未必有一定的需要，而且許多詩反因詩題而限制了讀者對詩本身的想像。」他還說：「我們有時實在很愚昧，只會注視一個美女所穿的外衣或帽子，而忽略了美女本身所發出的美。」他同時還認為：「詩題如果放置失調或不當，可能會掩蓋了一些美，成為炫耀和俗氣，因它實無一定的意義。」這就如同那位愛沙尼亞女詩人所稱詩的題目不具意義，主要還在內容的同一觀點。

但是我們如仔細去讀《石室的死亡》這四十六首詩，會發現很多詩原本都有題目。譬如第十六至第十八首原題為〈早春〉是寫給詩人楊煥的，其中一段寫道：

他曾打扮舒齊，在日午
去拾取那散落在平交道鐵軌的脊樑上
一撮自己的毛髮
當我們的怒目隨著淚水滴落
他的腳印已躍地而起

楊煥是在一九五四年三月七日因趕去西門町看一場勞軍電影，在過平交道時鞋子卡在鐵軌縫裡，而被火車輾斃的，死時才廿三歲，正是生命的早春。

再看第五十四至第五十六首原題應為〈火耀日之歌〉是紀念故去後火化的前輩詩人覃子豪的，其中第五十六首第二段很精彩：

是晨曦，太陽呼喊著太陽
是杯底的餘醉、是鳳凰飛翔時的燃燒
伊是枕邊不求結論的爭吵
如果你推倒所有的石柱淒然而去
伊的眼淚就再找不到挑釁的對象

詩題暗示覃氏當時的年輕紅粉知己在覃氏遺體送進焚屍爐火化時，激動地欲鑽進爐中以身相殉的一幕。

同時第三十三至三十六首原題為〈睡蓮〉、第四十七至五十首原題為〈四月的傳說〉、第五十一至五十三首原題為〈初生之黑〉、第五十七至六十三首為〈太陽手札〉、所有各詩創作年代自民國四十八年至五十二年，曾以十行一節或不定行形式發表於當時各大詩刊及文學雜誌。有些詩雖創作於火砲在頭上咆哮的金門地道，有些詩則在炮戰後的臺灣，後來在整理成輯時，才將這段時期的詩去掉原題改以編號、全部以十行一組的組詩出現，並統以《石室之死亡》為名。雖說他把詩題看成是大衣左邊那排多餘的鈕釦，但在那麼嚴肅的生死關頭為詩，對人生的批判難免有些異於尋常的，因此實際看還是與右邊那排實用的鈕釦難脱關聯作用。

像這樣在詩的前面來一象徵性的總標題，除了洛夫外，另外當時以翱翱為筆名的張錯，有一本詩集名《死亡的觸角》，共收錄二十三首作品，另外同是星座詩社的林綠，也有一本詩集《十二月的絕響》，共二十首詩，都是企圖在詩本身的純粹性上下功夫，而不拘泥於標題的限制。

# 續四：詞曲也皆無題

詞曲因為託體婉約，
許多詞曲都像無題詩一樣，
把主題隱晦起來，
只有詞人自己明白作詞的主意。

我國的詞和曲都是韻文之一體。詞始於唐，盛於宋，演變自古樂府，其後又遞變而成為曲。詞曲因為託體婉約，許多詞曲都像無題詩一樣，把主題隱晦起來，只有詞人自己明白作詞的主意。對此，王國維先生在〈人間詞話〉中有這樣一段議論，他說：「詩之三百篇，十九首，詞之五代北宋、皆無題也，詩詞中之意，不能以題盡之也。自花庵草堂每調立題，並古人無題之詞亦為之作題。如觀一幅佳山水，而即曰此某山某河，可乎？詩有題而詩亡，詞有題而詞亡。然中材之士，鮮能知此而自振拔者矣。」

靜安先生之意乃在怕詩詞中蘊藏的意思，都從題目上洩露，那樣詩就沒有什麼味道了，詩詞都是注重言外之意的，他是在為詞像無題詩一樣找理由。其實別以為作詞就無須點題，更別以為詞都標有詞牌，不標題目，詞就沒有主題，是隨便按詞譜填出來的。其實「詞牌」並不能代替詞的題目，詞牌只是詞調或曲調的各種名稱，就像今天的歌譜一樣，如果說某首詞調寄「西江月」，那就是那首詞是按照「西江月」那首調式填出來的。詞有詞律、詞韻、詞譜，格局非常嚴謹，但是詞到後來除了詞牌外，也會加註一個題目，或作一詞序。北宋詞人張先是首創詞前除詞牌外，加一小題的人。蘇軾是為詞加長序的首創者，他的「江城子」一詞，詞序長達九十八個字、姜白石自製的詞牌「淒涼犯」、「湘月」、「徵招」等等都有長序，說明作這首詞的動機，一寫就好幾百字，這可以說是為自己的曲調加一張說明書，尚情有可原，但姜白石有些舊令小調也弄百多字的長序，如他寫的「鷓鴣天」，詞才五十五個字，序約長達一百五十五個字，不免有喧賓奪主之感。

蘇東坡是南宋的大詞人，他的詞除了有詞序外，有時也加題目，但字數不多，如他的「江城子」共九闋，是為呼應陶淵明的〈斜川詩〉而作的長短句，其第一首只標題為「記夢」二字，是取自詞句中的「夢中了了醉中醒。只淵明，是前生。走遍人間，依舊卻躬耕。昨夜東坡春雨足，烏鵲喜，報新晴。」其他八首也祇標「江景」、「獵詞」、「恨別」等簡要標題，但蘇東坡一向是詼諧玩世慣了的，國士范日新作了一首新詞「解愁」天下傳詠，他認為「遊於自然，而託於不得已，人樂亦樂，人愁亦愁，彼且惡乎解哉，乃反其調作無愁可解。」以下便是他以「無愁可解」為題寫的一首詞：

「光景百年，看便一世，生來不識愁味，問愁何處來、更開解箇甚底。萬事從來風過耳，何用不著心裡。你喚做展卻眉頭，便是達者，也則恐未。此理，本不通言，何曾道歡遊勝如名利，道則渾是錯，不道如何即是、這裡原無我與你、甚喚做物情之外，若須待醉了，方開解時，問無酒怎生醉。」

怪的是這首詞沒有詞牌，好像與既有的舊詞牌也不合調，完全是蘇東坡自創的新腔，這「無愁可解」便是這首詞的正式題目了。大概這也是唯一只有題目沒有詞牌的詞了，也是蘇東坡不按理出牌的傑作吧！所以一般而言，詞也像許多看似有題，卻原無題的詩一樣，等於沒有題目，只是有許多詞人為了讓人了解作這首詞的用意，還是附加一小標題或一詞序。

常常有人說「文不對題」，像詩這樣有題等於無題，或乾脆以無題、失題、闕題等相標榜的詩，肯定是文不對題，無法從題目上窺知詩內信息的，甚至誤導思考的方向，下面舉一個有趣的例子：

大陸剛過世不久的前輩新詩人艾青先生曾經有過一首名詩叫〈大堰河〉，這是他在一九三七年七月在上海被法國巡捕逮住，關在獄中所寫、其中有這麼幾句：

大堰河、是我的母親
她的名字就是生她的名字
她是童養媳
大堰河、是我的母親

由於題目〈大堰河〉根本像是一條河流的名稱，在詩中把它寫得這麼偉大，等同於自己的母親，於是很多好奇的讀者和作研究者都想找出這條偉大的河究竟在什麼地方，發源自何地。

由於艾青是浙江金華人，於是縮小範圍從金華那地方找起，但是找遍遠近各地根本就找不到大堰河這個地名。後來有人去問艾青這詩題的由來，艾青才說大堰河就是他的褓姆，住在金華一個叫做「大葉荷」的村子裡，從前中國農村婦女一般都沒有名字，住在那個地方就以那個地方的地名相稱呼，他就把他的褓姆叫「大葉荷」，待到寫詩時改以「大堰河」的諧音相稱。艾青是個民族性特強的詩人，這首詩的原意也是對鄉土的讚頌和感恩，當然更是對撫養他長大的褓姆的一番感激心情的表白。此詩同時對大我與小我都作兼顧並重的發揮，是一首很受重視的大作品。這首詩取由諧音變調成的「大堰河」為名，造成轟動當然是有它的道理的，但是光看詩題一定聯想不到詩人的寓意會那麼深遠豐富。

# 續五：題好一半詩

題目可以決定一部作品的命運，
除了題目要下得好、下得有深意，
不會一見到題目就掉頭不顧外，
題目的「大小」也有講究。

有人說「題好一半詩」，意思是好的開始就是成功的一半，就保守的老派詩人言，無不深諳其中的道理。近人覃子雲在他所著《野鴻詩話》一書的〈詩法〉中說：「賦詩先須做題，題不古，詩亦不必作。」大陸有位詩人叫安謐，被詩壇大老賀敬之稱之為「用海的語言說話的詩人」，可見其詩非常具有特色。他有一首名作是這樣寫的：

能聽針落　於驚雷嗎？
能看日出　於日落嗎？

好　可以走了

這首詩初次發表時，就取詩中尾句「可以走了」為題。後來一再考慮、才改題為現在的〈醒〉，不但較原題減少了三個字，而且含意深邃得多，給人感覺與詩的內容能取得呼應、即對詩的前兩句所提問題之難獲答案，有幡然醒悟之感。據說托爾斯泰寫《戰爭與和平》之前，本來就有題目才動筆，但先後改了三次題目，最後才決定用此《戰爭與和平》，從此成了傳世的一部小說。可見題目可以決定一部作品的命運，除了題目要下得好、下得有深意，不會一見到題目就掉頭不顧外，題目的「大小」也有講究。所謂題目的大小是指對應於題材而言，像托爾斯泰用《戰爭與和平》來為他的宏偉的史詩般的小說命名，就顯得非常登對。如果寫的只是街頭為惡的幾個小混混，就硬給他加個《魔鬼的門徒》，就未免太恭維這些小孩了。這就叫做「小題材大製作」，處理得不好、被認為可惜了這個大題目。

臺灣的名詩人綠蒂曾經寫過一首悼念母親過世的詩，題目就叫〈悼慈母〉，詩寄到一家副刊的編輯檯，把關的審稿編輯看了之後，覺得詩真寫得很有感情，可惜題目選得太俗氣，太像小學生寫作文，編輯先生一看詩的內容有「決堤的哀戚」一句，非常不同凡響，乃將這首悼念母親的詩換題為〈決堤的哀戚〉，徵得綠蒂的同意登了出來。喪母帶來的哀戚可以說難以形容，用「決堤」二字來予以形象化；生動化，哀戚像決堤一樣湧來，沉痛而至，其悲傷的效果，絕對勝過概念化的一個「悼」字。這樣的題目既不會像「無題詩」一樣莫測高深，也不會一清見底的好像沒有學問。大陸一位詩人呂亮寫了一首微型詩。簡短到只有兩行七個字：

聽話
爺爺喜歡你

此詩語言清楚到不像詩，原題也衹有一個字〈煩〉。大概是指爺爺太嘮叨吧！這衹是站在孫輩的角度去看事情，更無其他言外之意了。然而也是編輯好心，將題目改為〈家訓〉，果然經此一改，詩才顯精神，而且其概括力與深度遠大於一個「煩」字，天下祖輩對兒孫無一不是這樣口吻、說是「家訓」是很切題的。

前面說過很多詩人怕在題目上洩露天機，而用「無題」、「不題」、「闕題」等裝個門面，或者隨便找幾個字擺在詩前面，以增加詩的神祕性、但這究竟衹是少數，在中國古典詩裡，幾乎很多大詩人，一點也不介意在題目上透露了什麼，他們不但標題，而且把題目寫得詳詳細細，交代得清清楚楚。杜甫有首五言律詩：

此道昔歸順，西郊胡正繁，
至今殘破膽，應有未招魂，
近待歸京邑，移官豈至尊，
無才日衰老，駐馬望千門。

這首詩一看便知是一首悲往事、遣離愁，遭貶怨的感慨詩。但是杜甫用了幾乎與詩本身字數相等的一個題目，題曰：

至德二載甫自京金光門出，間道歸鳳翔。乾元初，從左拾遺移華州掾、與親故別，因此出門。有悲往事。

這首詩本事是四十個字。而詩題用了三十九個字（古詩題無標點）。照現代詩的標題來看，這那是詩題？分明是這首詩的說明書。白居易有首詩非常通俗流行，幾乎人人會背；這首詩一共用了五十六個字，但是題目也長達五十個字：「自河南經亂，關內阻饑，兄弟離散各在一處，因望月有感聊書所懷。寄上浮梁大兄，於潛七兄，烏江十五兄、兼示符離及下邽弟妹。」全詩如下：

時難年荒事業空，弟兄羈旅各西東，
田園寥落干戈後，骨肉流離道路中，
弔影分為千里雁，辭根散作九秋蓬，
共看明月應垂淚，一夜鄉心五處同。

這首詩的題目簡直道盡了詩中內涵，毫不含蓄，如果我們可以更動題目，頂多寫成「月夜述懷」或「望月懷人」，也就足夠。其他詩題用字很長的還很多，韓偓用過四十五字作題目；李商隱有首四十句的五言詩，題目用了六十四個字。王維、蘇軾都曾用過二十字以上作詩題，不過這些用字多的詩題，多半都是應酬唱和之作，不是這樣清楚的交代，沒法取得親朋好友的諒解，也是情有可原。

# 續六：詩到無題是化工

一首詩如果光有一堆材料，
而不知組織或去腐呈清出一個主題出來，
不是讀來晦澀難懂，
就是一篇最零亂的散文，
根本不能算是詩。

我非研究古典詩的專家學者，沒法瞭解古人是否有專門討論詩題的文章。祇在一些古典「詩話」中找到一些論詩題的片段。我在近代文學家陳衍（號石遺老人）的〈石遺室詩話〉裡曾經讀到他論詩題的幾句話。他說：「謝康樂後，無踰老杜者，柳州不過三數題而已。」謝是南朝的謝靈運，柳州即唐代的柳宗元，從話中可以看出他非常推崇杜甫。這裡的所謂「題」，似乎是指詩的主題或題旨。題目、題材、主題三者常常容易混淆。題目還比較清楚，題材是指寫詩所用的材料，將這些材料利用表現方法，整理完成以後成為一首詩，詩中所突出的思想性，所呈現出來的意義，才是詩的主題。一首詩如果光有一堆材料，而不知組織或去腐呈清出一個主題出來，不是讀來晦澀難懂，就是一篇最零亂的散文，根本不能算是詩。至於對老杜的推崇，陳衍不是第一人，清雍正年間的鄭板橋對老杜在詩題上的處理更是認為「已早據百尺高樓」，無人能企及。

真正對詩的題目有卓見的還有幾位清代詩人及詩評家。一位是袁枚，袁子才是清朝乾隆年間的進士，有清一代的大儒，大思想家。他一生寫了多少首詩無法數計，據說詩稿堆積起來有三十多尺高，在他的住所「隨園」裡造了一條百餘尺的長廊來存放詩卷，稱為「詩城」。自己寫了一首詩說：

「十丈長廊萬卷詩，
誰家門富敢如斯，
請看珠玉三千首，
可勝珊瑚七尺枝。」

多大的口氣，袁子才在他的「隨園詩話」裡，有過這樣一段論詩題的話：「無題之詩，天籟也。有題之詩，人籟也。天籟易工，人籟難工。三百篇古詩十九首皆無題之作、後人取其詩中首面之一二字為題，遂獨絕千古。漢魏以下，有題方有詩，性情漸漓。至唐人有五言八韻之試帖、限以格律，而性情愈遠，且有『賦得』等名。以詩為詩，猶之以水洗水，更無意味。從此，詩之道每況愈下矣。余幼有句云：『花如有子非真色，詩到無題是化工』略見大意。」

從袁子才這段話裡可知他是主張詩應出乎自然，由情動於衷而寫詩，不是先設題而後造句來就題，方是高妙。所謂性靈詩派，即持這種看法。

清代另外一位詩人，也是詩評家，寫「漁洋詩話」的王士禎為順治進士，其詩旖旎風雅，函情綿渺，為一代宗匠。其論詩以神韻為主。王漁洋先生曾經也有一段論到詩題的幾句話：

「余嘗謂古人詩且未論時代，但開卷看其題目，即可望而知之。今人詩且未論雅俗，但開卷看其題目，即可望而辨之。如魏晉人製詩題是一樣，蘇黃亦是一樣，明人製題氾濫，漸失古意。」

王漁洋先生是從詩的題目來論斷詩的背景，看出詩的雅俗，各朝代有各朝代的詩題。獨對明代詩人製題發出了「漸失古意」的批判，當代學者錢鍾書認為「明人學唐詩學得來維肖而不維妙，像唐詩而又不是唐詩，缺乏個性，沒有新意，因此博得『瞎盛唐詩』，『贗古』等綽號。」可見王漁洋先生說「明」人製題泛濫，漸失古意，不是沒有原因的。

近代另一位大學者王國維先生在他的《人間詞話》一書卷上部分，也曾對詩詞之題目有如下的一番意見：

「詩之三百篇十九首，詞之五代北宋，皆無題也、非無題也、詩詞中之意，不能以題盡之也。自花庵草堂每調立題，並古人無題之詞亦為之作題。如觀一幅山水而即曰某山某河，可乎？詩有題而詩亡，詞有題而詞亡，然中材之士，鮮能知此而自振拔者矣。」

王靜安先生和袁子才先生對詩題的看法近乎類似，都認為詩以無題最適性，而過去的「無題」詩，並非真正無題，而是因詩詞中之意不能以題盡之也。總算也為詩之無題，找到一種理由。

# 續七：題高則詩高，題矮則詩矮

鄭板橋有十六封傳世有名的家書。
這十六封家書可以作十六篇親切而有教益的小品文看，
其中最特殊的是，
竟有一封專談「詩題」的家書。

就我的有限詩文學知識中，對詩的題目認知最深、主見最多的要數清代大儒鄭板橋先生。板橋先生是清康熙秀才，雍正舉人，乾隆進士。四十四歲得了進士以後才開始從政，做過十二年的七品官，由於秉性剛烈，不肯向權貴低頭，因而罷官，從此寄寓揚州，專靠寫字賣畫維生。板橋先生的詩，有人歸之於袁枚的性靈詩派，但板橋詩的風格比袁枚略高一籌。他人很謙卑，曾說過「學詩不成，去而學寫，學寫不成，去而學畫」。在一本詩序的末尾他卻說：「橋詩刻寫於此，死後如有託名翻版：將平日無聊應酬之作，改竄列入，吾必為厲鬼以擊其腦。」從這一點看就可知他對自己作品之看重，態度非常嚴謹。懷著他的詩必定會流傳下去的遠見，絕不浮濫。

板橋先生論詩題的文字並不在他的著作裡面。而是在他的家書內。鄭板橋有十六封家書可以作十六篇親切而有教益的小品文看，一直到現在還是不斷有人拿出來欣賞推崇。這是他在雍正十年到乾隆十四年，這十七年漫長歲月中寫給他的一位堂弟鄭墨的。這位堂弟比他小廿三歲，是個瘦弱，溫馴，不太精明的年輕人。鄭板橋以兄長關愛之情來教導他、啟發他。這十六篇家書內容無所不包，做人處事，處理家業，讀書做學問，關愛環境生態，家庭和睦之道，無不諄諄善誘，極盡條理分明之能事。其中最特殊的是，竟有一封專談「詩題」的家書。這封題為「范縣署中寄舍弟墨第五書」是這樣寫的：

「作詩非難，命題為難；題高則詩高，題矮則詩矮，不可不慎也！少陵詩高絕千古，自不必言；即其命題，已早據百尺樓上矣。通體不能悉舉，且就一二言之，哀江頭，哀王孫，傷亡國也。新婚別，無家別，垂老別，前後出塞諸篇，悲戍役也。兵車行，麗人行，亂之始也。遠行在所三首，慶中興也。北征，洗兵馬，喜復國，望太平也。只一開卷，望其題次，一種憂國憂民，忽悲忽喜之情，以及宗廟邱墟，關山勞戍之苦，宛然在目；其題如此，其詩有不痛心入骨者乎？」

這一段全是為其「題高則詩高」作舉證。鄭板橋本崇杜詩，曾自承「詩學三人，老瞞與焉，少陵為後，姬旦為先。」意思是上法詩經，中學曹瞞，下則取徑杜甫。他也寫過頗似杜詩的〈思歸行〉、〈逃荒行〉、〈還家行〉等反映民間疾苦的社會寫實作品。可以說他們這「師徒」二人是詩思一致，詩境相通，都是站在人道主義的立場，以關懷悲憫之情在寫詩。故而題高則詩也高。但對後一句「題矮則詩矮」，他則舉了陸游的詩題來佐證。鄭板橋接著說：

「放翁詩則又不然，詩最多，題最少，不過山居村居，春日秋日，即事遣興而已。」為什麼會詩最多，題最少呢？鄭板橋再道出了陸放翁當時的處境：「南宋時君父幽囚，棲身杭越，在朝諸大臣皆流連詩酒，沉溺湖山，不顧國之大計、直以山居村居，夏日秋日，了卻詩債而已。且國將亡，必多忌，躬行桀紂，必曰駕堯舜而軼湯武。放翁惡得形諸篇翰，以自取戾乎？」在說完陸游的詩題不過爾爾的苦衷以後、鄭板橋對杜甫和陸游二人詩的不同還有幾句持平的總結分析：「故杜詩之有人，誠有人也，蓋安史之亂，天下土崩，幸有郭子儀，李光弼、陳元禮、王思禮之流，精忠勇略，冠絕一時，卒復唐之社稷。在八哀詩中，既略叙其人，而洗兵馬一篇又復總其全而贊歎之，少陵非苟作也。陸詩之無人誠無人也。杜之歷陳時弊，寓諫諍也。陸之絕口不提，免羅織也。難以放翁詩題，與少陵並列，奚不可也。」從以上鄭板橋的分析，詩題的「高」「矮」也與政治情況，和意識形態有關，但詩人的膽識還是會顯出詩題的高下。

鄭板橋在這篇特別論詩題的家書最後，是針對當時的詩壇而發出針砭，也許更值得我們去瞭解探究：「近世詩家題目，非賞花即讌集，非喜晤即贈行，滿紙人名，某軒某園，某亭某齋，某樓某岩，某邨某墅，皆市井流俗不堪之子，今日才立別號，明日便上詩箋，其題如此，其詩可知，其詩如此，其人品又可知。吾弟欲從事於此，可以終歲不作，不可以一字苟吟。慎題目，所以端人品，厲風教也。若一時無好題目，則論往古，告來今，樂府舊題儘有做不盡處，盍為之。」

從這最後一段反映出清代詩風的萎靡不振看，可知詩題其實也像一面鏡子，一切詩的興滅繼絕都可從中現形。

# 續八：現代詩題無奇不有

這些詩頂著這些驚世駭俗的詩題出現，
到底還祇是一種角落裡的異相，
也不見得為大多數從事詩作者的贊同，
詩題還是隨著詩的多元出現，
有各種不同的題目供人選擇欣賞。

對於古今詩人的取題，綜合粗淺的比較，可說大異其趣。古詩詞的題目除了一般的應酬，人情的往來，懷人送別這幾類為大宗外，其他多超不過對時序的感慨，對景物的欣賞，對過往的緬懷，對征戰的描述，以及一些傷春悲秋，遊山玩水的詩。我們拿一本《唐詩三百首》來看，內容多半如此。反反覆覆，幾乎沒有什麼突出翻新的感覺。其中祇有一個杜甫，他的心地開闊，關懷面廣泛，所以有特別的表現。我讀了李商隱的全集，發現他的詩中也祇有一個題目吸引人，有耳目一新之感，題為〈深樹見一顆櫻桃尚在〉。其他的詩不是贈某某，或者詠什麼，再不就是無題。只有這一首詩題看出一點春天的氣息。其中有兩句非常好，「惜堪充鳳食，痛已被鶯含」，有借題發揮自己不得志之感。

如果我們拿一本現代詩選來看，就會發現裡面的詩題真是五花八門，無奇不有，唯一最不入詩的，就是古詩人重視的人情酬酢，交際迎逢的所謂「公關」應酬，從中可以看出現代人的人我關係非常的淡薄，如需酬酢，也是金錢實物，醇酒美人的交換，再也難得有詩詞這種秀才人情。就以詩題的長度來說，現代詩題雖然沒有像古詩人白居易那樣題目長得像說明書一樣的詩題，但也有長達三十多字、讀來更像一句詩樣的詩題，譬如年輕詩人林群盛有個詩題便是：

每一隻閉著的眼睛都有一列獨角獸背著
失傳的神話向這世紀最後的答案飛去

新加坡詩人蔡深江有首隱喻中國近代史的詩，長達二十個字，也像一個帶隱喻的詩句：

讀歷史像公園的下午看見一群飛來啄食的麻雀

最愛搞怪的資深詩人管管有首詩的題目長達十四個字、由於沒有斷句，又像扭麻花，讀起來很彆扭：

春天像你你像煙煙像吾吾像春天

這種七〇年代流行的繾綣難分難捨的語言用在詩題算是新鮮，但比起詩的內容來，詩題就像是從詩中挖出幾句的拼湊，頗為早生於後現代。詩的第一段是這樣寫的：

春天像你，你像梨花。梨花像杏花，杏花像桃花、桃花像你的臉臉像胭脂，胭脂像大地，大地像天空。天空像你眼睛。眼睛像河河像你的歌。歌像楊柳，楊柳像你的手，手像風，風像雲，雲像你的髮，髮像飛花。飛花像燕子。燕子像你，你像雲雀。

雲雀像風箏。風箏像你，你像霧，霧像煙，煙像吾。吾像你。你像春天。

至於其他在詩題上出的花樣就天地陰陽，百無禁忌，只要我喜歡，就沒有什麼不可以了。為了反諷七〇年代開始的國中補習大潮，我們的詩人寫了〈國三症〉、〈國四英雄傳〉等詩，後者還改編成劇本。為了強調身體入詩或情慾書寫，我們有詩人寫了〈腔交之必要〉、〈女人。三字經。行動短劇〉等等令古老傳統臉紅呵斥的作品。中國大陸最近新的詩潮一波未平一波又起，先行的所謂「下半身寫作」、他們的題目更是匪夷所思，有所謂〈一把好乳〉、〈在無恥的路上〉、〈給雜種〉等，純屬意淫的作品。後來的一波所謂「垃圾詩派」，則打著比「下半身」更低下沉淪的主張，有所謂〈我特別喜歡驢叫〉、〈騙吃騙喝〉、〈我的垃圾人生〉等唯醜是尚的詩。如果按照王漁洋先生所說「余嘗謂古人詩且未論時代，但開卷看其題目，即可望而知之。」這些詩倒真應驗了王先生這一先見。我們這一時代的荒謬，對傳統的顛覆解構，這些詩真反應得傳神。

當然以上這些詩頂著這些驚世駭俗的詩題出現，到底還衹是一種角落裡的異相，並不能代表全體，也不見得為大多數從事詩作者的贊同，我們的詩題還是隨著詩的多元出現，有各種不同的題目供人選擇欣賞。祇要隨便找一本詩刊或詩集來看，便可知「詩題」的擬定也是一種學問，有些詩人還特別慎重，特別講究，為他（她）的親生骨肉命名。

# 續九：算筆劃．決詩題

我不排斥可能會由於詩題的安排欠當，
而有詩題如大衣左邊鈕釦樣失去意義，
但是絕大部分的詩題，
還是有其從屬的意義在，
甚至必須仔細讀通原詩；
才會曉得其命題之高妙。

雖然有些人認為詩題沒有意義，有些人甚至不用詩題，有些人則認為詩題祇是一個可有可無的配件。但有些人認為為詩取一題目是一件大事，非常慎重。現在且說一個故事，國內非常流行於算筆劃，尤其為新生兒取名字，一定要請算命先生推算筆劃，看哪一數字的筆劃最吉利。現在有人連取詩的題目也算筆劃。女詩人敻虹大家都稱她為「繆司最鍾愛的女兒」，她的詩曾風迷了不少讀者，但是她現在寫詩命題要算筆劃，看看是不是很順，很吉利。譬如她有一詩名叫〈紫玉珮〉。玉珮的「珮」子現有的斜玉旁絕對正確，但她一算筆劃這個「珮」不好，她把它改成人旁的「佩」。有人看了原稿，以為是筆誤，她說是故意改的，而且說這兩個字可以通用。此稿寄給一家副刊後，她自己又發現有些欠妥，想要求退回來修正。副刊看到她的詩那敢怠慢，馬上就發表出來了。衹是改回一個「珮」字，敻虹為此懊悔不已，可見她對詩題的重視。每家副刊的校對都是用字專家。他們只管正不正確，哪裡會考慮作者自認的筆劃是否吉利。敻虹的另一本詩集《紅珊瑚》也是認為筆劃不好，卻又極喜這個名字，而一拖再拖不願付印，考慮兩年後才勉強印出來。

詩人朋友中有些很會為詩選題，像余光中的詩〈雙人床〉、〈多峰駝上〉、〈水晶牢〉。瘂弦的詩〈如歌的行板〉、〈一般之歌〉。周夢蝶的詩〈想飛的樹〉、〈九宮鳥的早晨〉。洛夫的詩〈石室的死亡〉、〈血的再版〉都是非常新穎有創意，而且緊扣詩的主題，卻又顯而不露的詩題。尤其很多詩人命題還用典，像洛夫的詩〈清苦十三峰〉就是取自姜白石的詞：「數峰清苦，商略黃昏雨」，以及美國詩人 WALLACE STEVENS 的一首「十三種看山鳥的方法」。余光中的名詩〈掌上雨〉，則是出自崔顥的詩句：「仙人掌上雨初晴」。國外很多現代詩人的詩題更是非常前衛，譬如ＥＥ康明思的詩〈春天是一隻也許的手〉，〈或人住在一個很那個的鎮上〉。ＷＨ奧登的〈誰是誰〉，都是看了題目便想一探究竟的詩題。還有詩人題目和內容各用一種文字，英國詩人好用拉丁文為詩題名，例如道孫(ERN EST DOWSON)的有名的情詩，便是用羅馬詩人霍瑞斯的句子為題，連他的女朋友也看不懂。濟慈曾經用法文作題目，米爾頓用義大利文作題，我們現代詩人也有用英文當題目的。譬如：現在是張錯的翱翱，早期有一首詩題名是〈IRONY OF FATE〉（命運的嘲弄）。白秋寫過〈ARM CHAIR〉（扶手椅），〈SNOW BIRD〉（雪鳥）。我寫過〈PRETENDING〉（假裝）。陳克華用〈ＮＧ〉為題寫過一首詩。這是英文 NEGATIVE 的縮寫，原意可作消極，否定解。現在的電視拍片，演員常常遭到吃ＮＧ的排頭。意即所演出的不合導演的要求，遭到否決、重來。陳克華此詩是寫人生的際遇，有時也會ＮＧ。我們的詩題中也有中外文夾雜使用的。譬如夏宇的詩〈跟你的TEXTWOOD一樣藍的天〉。TEXTWOOD是一種牛仔褲的品牌，顏色藍得很像地中海的天色一樣晴朗。

介紹過了詩題的形形色色各種主張和設計，最後我得道出我自己對詩題的看法。我這人以保守頑固著稱，所以我對詩題的主張也傾向保守。首先我認為一首詩一定要有一個題目，就像人一定要有一個名字一樣，否則如何讓人識別。詩有了題目才可讓人曉得那是一首什麼樣的詩，即使那題目衹是一個編號，一個看不出意義的代碼，但那編號或代碼就代表那首詩，我們可以輕易指認。

我不排斥可能會由於詩題的安排欠當，或故意隱晦，而有詩題如大衣左邊鈕釦樣失去意義，但是絕大部分的詩題，還是有其從屬的意義在，甚至必須仔細讀過原詩；才會曉得其命題之高妙。宋朝大詩人朱熹有首詩〈觀書有感〉：

半畝方塘一鑑開，天光雲影共徘徊。
問君那得清如許，為有源頭活水來。

如果我們認為〈觀書有感〉這樣的題目太過平凡、太了無新意，簡直就像中學生的作文題，而忽略了這首詩，那就是自己的損失。這首詩非常切題，書中天地確實有如半畝方塘，鑑照無窮景致，也有源頭活水，滌洗清澈心靈，把讀書的樂趣好處藉半畝方塘，源頭活水的鮮活意象清晰的表現出來，誰說一個平凡的題目後面，不是一個更不平凡的場景呢？

# 輯四：記憶開挖——輝煌的五〇年代現代詩

# 五〇年代初期的詩壇

五〇年代係指民國四十年至四十九年這期間的十年，其時正值政府播遷來臺不久，仍然飽受海峽對岸中共施與的威脅，政局尚不甚穩定。初期美國且尚未表明支持立場，但政府反共復國立場堅定，以「一年準備，兩年反攻，三年掃蕩，五年成功」為期許，鼓勵民心士氣，同時由於防範中共滲透顛覆，保密防諜措施十分嚴密，言論亦不開放，很多書籍都被查禁。而且由於大批軍民撤退來臺，物資亦不夠充分，一般民衆生活艱苦純樸。而大陸來臺軍民，由於個人與國家前景不明，思鄉情切，普遍呈現游疑焦慮心理，且抱短期內即可返回大陸的憧憬，在這種情況下，衆多來臺人才中的詩人，多激於毀家紓難的痛苦，沿用抗戰時期詩的風格，以歌頌領導中心，緬懷祖國河山為主題，發為詩歌，同時由中央文運會主任委員張道藩先生領導的「中華文藝獎金委員會」，亦鼓勵作家寫作發揚國家民族意識及蓄有反共抗俄意義的作品。當時最為人熟悉的詩作有葛賢寧的〈常住峰的青春〉，鍾雷的〈偉大的舵手〉，上官予的

〈祖國在呼喚〉，墨人的〈哀祖國〉，紀弦的〈在飛揚的時代〉等長詩。朗誦詩亦非常當行，鍾雷的〈豆漿車旁〉和〈勃朗林，俺的好朋友〉兩首詩，常在各電臺及戰鬥晚會朗誦。其他如李莎、彭邦楨、鍾鼎文等都有此類反共作品。其中以李莎的作品最受當時的文壇所重視，一般讀者所喜愛。他的詩雖然也具戰鬥性，也離不了濃烈的思鄉情緒，但卻以較含蓄的手法予以處理，語言也柔順具韻味。民國四十年七月詩木文藝社曾出版他的衹有廿首詩的集子《帶怒的歌》，為當時最暢銷的一本詩集。由於其時各報刊均以登載戰鬥文藝為主流，自我情緒發洩的抒情性作品並不被重視，甚至遭到排斥。但抒情詩無疑仍擁有許多青年讀者，因此當時在《野風文藝》雜誌上獨樹一幟寫抒情短詩的鄧禹平，也廣受大家喜愛。他的一些作品如〈我送你一首小詩〉、〈有一句話〉和〈答〉等，隨時都能為一些年輕人所背誦，〈高山青〉一詩且譜曲廣為流傳。

# 第一份詩刊的出現

民國四十年十月，由大陸來臺詩人葛賢寧、鍾鼎文、紀弦三位發起，藉鍾鼎文與自立晚報的關係，在該報副刊以週刊的形態每星期一出刊新詩一次，定名為《新詩週刊》，是為臺灣光復後最早出現的一份詩刊。創刊號於民國四十年十一月五日推出，由葛賢寧等三位發起人輪流主編。此時大陸來臺詩人如楊念慈、李莎、墨人、亞汀、季薇、覃子豪、鍾雷、上官予、彭邦楨，以及當時屬於年輕一代的蓉子、林郊、鄧禹平、方思、郭楓、梁雲坡、潘壘、楊喚、鄭愁予、童鍾晉、金刀、謝青等都常在上面發表作品。接著本省籍詩人也開始出現，首先女詩人陳保郁翻譯了日本詩人牧千代的〈少女的詩〉，接著大量翻譯後來成為現代派中堅林亨泰的日文創作詩。不久用雙語寫作的黃騰輝出現，他的日文創作係由夫人淑姿女士翻譯成中文發表。除了上述「跨越兩個時代」的本省籍詩人外，光復後第一代本省籍詩人，如女詩人李政乃，出版過《夜笛》的謝東壁，後來成為「笠」詩社同仁的何瑞雄、葉笛等都先後從《新詩週刊》出發。《新詩週刊》的內容一方面容納了當時重實用的作品，一方面發表了不少抒情詩，稍具現代感的作品也開始出現。這時候蓉子發表在該刊的一些抒情小詩廣泛的受到人們喜愛：

你聰明的，
為甚麼編織你的笑。
笑是自然開放的小紅花，
一經編織——
便揉皺了！

——錄自《青鳥集》：笑

這種絢美又鮮活的意象運用，當時開啟了不少詩人的眼界。覃子豪的「海洋詩抄」一系列作品是《新詩週刊》上另一受人注意的焦點，他的一首至今仍為人傳誦的〈追求〉，即發表在該刊第六期：

大海中的落日，悲壯得像英雄的感嘆。
一顆星追過去，向遙遠的天邊。

黑夜的海風，括起了黃沙，
在蒼茫的夜裏，一個健偉的靈魂，
跨上了時間的快馬。

這首詩發表時，編者番草特加按語。他說：「在我所讀過的新詩中，《追求》將是我永誌不忘的好詩之一。這短短的九行詩，將滄海落日啟發人類對於時間消逝之迅速與嚴肅的感覺，完整的把握住，其淨化的思想，確已進入了詩的最高境界。這首詩打擊了我的自負，但也安慰了我，鼓勵了我。」

《新詩週刊》出刊至第二年，三位原始創辦人因職務纏身而離開，改由覃子豪、李莎接編，一直編到九十四期（民國四十二年九月十四日），因自立晚報改版而停刊。

# 第一本雜誌型詩刊

民國四十一年八月一日出現的《詩誌》，是臺灣第一本以雜誌型出現的十六開本詩刊。這是原《新詩週刊》主編之一紀弦所獨資創辦的一份刊物，可惜衹出一期就因故停刊，直至四十二年二月才改以《現代詩》季刊方式出現。該刊前出四期亦為十六開版本，自第五期起才改為卅二開。《現代詩》出版到第六年，也就是到民國四十七年十二月出刊第廿二期時，紀弦因獨撐詩刊已感財力不勝負荷，而欲停辦，恰遇黃荷生和林宗源有意辦詩刊，而苦無登記證，紀弦乃將詩刊轉交黃荷生接辦，自任發行人，社長林宗源，主編黃荷生。《現代詩》網羅的作家大多都是當時年輕的一代，對詩的認識多已迴異於大陸來臺那一代詩人的直接詠嘆，進入以冷靜觀照，多元表現的境地。同時他們對現實環境的體認亦較深沉和多慮。他們發表了許多至今猶為人傳誦的作品，像楊喚、鄭愁予等人的詩。也作了一些前衛性詩的實驗，以當時年僅十八、九歲的詩人黃荷生為例，他在現代詩上發表的許多詩，都非常令人費解，招來很多議論。下面是他〈門的觸覺〉組詩的一段：

門被開啟——被無所為的偶然
吹來了終要吹去的風；被那些遠赴
交點的線條，被那些肯定地
下降過斜度的梯，而沒有表示出
休止與終點的，沒有引力沒有方向的
那些問句，那些包含著否定的片語
那些久久而不得成熟的猶豫
久久的孕育，久久存在的奇蹟

這一段詩，我們從單獨的句子去看，每一句都是理性的，可解的。但是從整個組織看，卻非常朦朧和反邏輯。我們祇能從文字背後去感覺一些難以解釋的意識流動。

然而，當年《現代詩》的存在，意義最重大而深遠的，當是他們在《現代詩》第十三期上，突然宣佈的所謂「現代派」的成立。

# 現代派的轟然創立

臺灣新詩的《現代詩》是於民國四十五年元月十五日宣告創立，發起人即創辦《現代詩》的前行代詩人紀弦，另有九位籌備委員，分別是葉泥、鄭愁予、羅行、楊允達、林泠、小英、季紅、林亨泰及紀弦本人，均是《現代詩》的基本作者。他們在四十五年二月一日出版的《現代詩》十三期上宣稱，曾經發出一百二十份宣佈創派通報，邀請各方詩人加入，除九人回信表示不參加外，入盟者已達八十三人，表同情者四人，廿四人無回音。其後續有人加入，最多增至一百一十五人。

現代派以「領導新詩的再革命，推行新詩的現代化」為職志。所揭示的信條有六條：

一、我們是有所揚棄並發揚光大地包含了自波特萊爾以降一切新興詩派之精神與要素的現代派的一群。

二、我們認為新詩乃是橫的移植，而非縱的繼承。

三、詩的新大陸的探險、詩的處女地的開拓、新的內容之表現、新的形式之創造、新的工具之發現、新的手法之發明。

四、知性之強調。

五、追求詩的純粹性。

六、愛國、反共、擁護自由與民主。

現代派的六大信條公布以後，詩壇文壇一片譁然，尤其是第二條所說的「詩乃橫的移植，而非縱的繼承」成為大家指責的焦點，因其有反傳統之嫌。為此紀弦乃有「現代派信條釋義」的發表，他對所謂「詩乃橫的移植，而非縱的繼承」的解釋是：「這是一個總的看法，一個基本的出發點，無論是理論的建立或創作的實踐。在中國或日本，新詩總之是『移植之花』。我們的新詩絕非唐詩宋詞之類的『國粹』。」他還認為既然我國已在科學方面急起直追，迎頭趕上西方，文學和藝術方面自不能閉門自守，自我陶醉。他這種釋義仍然未能服人，他的好友覃子豪乃於《藍星詩選》第一期（四十六年八月出版）上發表「新詩向何處去?」長文表示他對新詩現代化的看法。覃氏認為所謂現代主義的精神乃是反對傳統，擁抱工業文明。在歐美工業文明發達至極的社會，現代主義尚且不能繼續發展，英國現代主義詩人司蒂芬・史班德尚且宣佈現代主義的死亡，若企圖使現代主義在半工半農的我國社會獲得新生，祇是一種幻想，因為詩不可能作超越社會生活的表現。同時他認為詩的外來營養，祇能經吸收和消化之後變為自己的血液，若全部為「橫的移植」，自己將植根何處？因此他也提出六大原則，圖將詩由歧路納入正軌：

一、詩的再認識。詩的意義在於注視人生本身及人生事象，表達出一種嶄新的人生境界。詩不是生活的逃避，在於能給人類一份滋養，一份光亮。

二、創作態度應重新考慮。考慮作者和讀者之間存在的密切關聯，作品本身具有比讀者的抗拒力更大的吸引力，在作者和讀者兩座懸崖之間，尋得兩者都能望見的焦點。

三、重視實質及表現的完美。詩的實質是指詩質純淨，豐盈，而具有真實性，並有作者的主旨存在。詩的完美的表現不在語言的繁冗，而在於中肯的刻劃。

四、尋求詩的思想根源，也就是尋求詩的哲學根據。但非直接在詩中放進教誨，而係不知覺的流露，用象徵、比喻作無形的表達。

五、從準確中求新的表現。詩因準確才能到達精微、嚴密、深沉、含蓄、鮮活之極致，表現亦將具新的變化。自由詩，並非沒有限制，準確即其限制，並非沒有法則，準確即其法則。

六、風格乃自我創造的完成。風格即氣質的表現。自我創造包括民族氣質、性格、精神等在作品中無形的表露。

除覃子豪外，屬於藍星詩社的余光中和黃用也相繼為文提出質疑。方塊作家寒爵也開始攻擊「橫的移植」。紀弦曾連續於《現代詩》第十九、廿、廿一、廿二等期撰文辯論。主要是強調現代派的理論乃主動的創作，非被動的模倣。是革新了的現代主義，非因襲西方的，尤其不是世紀末的，可稱之為後期現代主義或新現代主義。

現代派的出現可以說是針對當時率性喊叫的政治詩，浪漫情緒的抒情詩，以及形式僵化的豆腐干體而出現的一種反動。儘管因其部份信條過分西化而引發責難，但確為當時閉塞的詩壇注入新的激素，為中國詩的現代化擎起發難的火把。但始作俑者的紀弦，卻因各方的攻擊，而越來越信心動搖，加之所號召來的詩人，對現代主義的真正精神大多並無深刻認識，無法助其繼續伸張實力，最後至五〇年代末期終於自行宣佈解散現代派。然其散發的現代化種子，卻一直影響著臺灣的現代詩。

# 藍星的卓然昇起

由覃子豪、鍾鼎文、鄧禹平、夏菁、余光中合組的「藍星詩社」係於民國四十三年三月創立。後有吳望堯、黃用、蓉子、羅門、向明、張健、阮囊、周夢蝶、敻虹、王憲陽、曹介直、唐劍霞（商略）等相繼成為同仁。藍星詩社一開始便是一個不講究組織的詩社，因此從未推選什麼社長，亦沒有組社信條、大綱、主義之類。大致而言，他們當時的結合是針對紀弦所主張的一個反動。紀弦主張詩要橫的移植，藍星雖然不以直承傳統為己任，但要完全承襲西洋，卻期期以為不可。紀弦要打倒抒情，而以主知為創作原則，而藍星同仁的作風卻傾向抒情。紀弦的要放逐韻文，而用散文為詩的工具，藍星也認為不妥，以為如放縱散文為詩，將來不知要貽誤多少文字欠通的青年作者。此所以當紀弦提出現代派的六大主張時，藍星同仁都挺身為文辯論的原因。事實上以後很多事實證明，藍星的這些主張對現代主義的偏頗發生了不少制衡作用。藍星主辦過的詩刊有好幾種，最早是覃子豪在「公論報」上主編的《藍星週刊》，自民國四十三年六月十七日起至四十七年八月廿九日止，共計二百一十期。一至六十期由覃子豪主編，六十期以後由余光中接編。民國四十六年元月一日藍星「宜蘭版」創刊，每月一期，共出七期。之後，同年八月，《藍星詩選》創刊，出版兩期，均由覃子豪主編。民國四十七年十二月十日，另一份折摺型詩刊《藍星詩頁》創刊，至五〇年代底止，共計出版廿五期，歷經夏菁、覃子豪、黃用、余光中五位主編，民國五十年，覃子豪又獨資出版《藍星季刊》僅出四期，覃氏即因病過世、已編成之第五期後在新創刊的《南北笛詩刊》出現。在藍星衆多刊物的同時，余光中、夏菁和覃子豪還先後負責《文學雜誌》、《文星詩頁》、《自由青年》的詩主選。事實上這時的藍星已經不單是幾位同仁的詩發表園地，不論派別，各方詩友都在藍星的各種刊物上寫稿。像當時最受人注意的年輕詩人白萩即是覃子豪發掘，作品〈羅盤〉、〈囚鷹〉等都是發表在《藍星週刊》上。瘂弦大部分的名作，包括〈京城〉、〈賭場〉、〈馬戲的小丑〉、〈無名的歌〉、〈夜〉、〈土地祠〉、〈野荸薺〉、〈季候病〉、〈班鳩〉、〈秋歌〉、〈瘋婦〉等等都出現在藍星各種刊物上。女詩人林泠最早發表的名作〈不繫之舟〉、〈阡陌〉等都是出自藍星。葉珊（現名楊牧）的〈水之湄〉、〈西牆〉、〈風暴〉等等都是《藍星詩頁》上的名作。辛鬱也是藍星刊物上常見的名字，他的詩集《軍曹手記》即是藍星詩社出版。

藍星的作者雖然不以現代相標榜，但幾位主要同仁卻對外國詩家各有心儀，像余光中之對葉慈、弗洛斯特，夏菁之愛荻瑾生，覃子豪之鍾情法國象徵主義，黃用之喜愛超現實主義作品。即使其他同仁亦具温和的現代主義傾向，像當時尚在軍中的阮囊，他的作品幾乎每首都有迷人的現代色彩，像〈龍泉劍〉、〈血閘〉、〈扇面〉、〈血芒札記〉、〈飲冰室〉、〈上唇章・下唇章〉都是藍星刊物上最叫座的作品。

夜靜得往樓梯上摔不出聲音來
我坐著，在荒涼的床上，預測著黑沙漠地帶的風暴
我的靈魂也坐著，在一朵黑花的中央
美得出奇，恐怖得出奇，沉痛得出奇

這真是夜，真是無際的黑淵
血流湧上退下，終而繞著循環系統作盲目航行
燈塔，燈塔在黑森林裏吊著

這是阮囊發表在藍星詩頁第十九期〈黑皮書〉中的兩段，沉重的意象，十足顯現了當時青年人心中的寂苦鬱悶。也許最能十足表現現代感的當是吳望堯，他對太空的憧憬，他對科幻的著迷，以及現代文明逐漸把人帶回毀滅的預言，早在他於藍星發表的長詩〈廿世紀組曲〉、〈憂鬱解剖學〉、〈奇數和偶數的實驗〉、〈上昇的白色〉這些作品中表現無遺。他很接近西方的所謂巴拿斯派，完全以科學的、客觀的精神來表現事物，根絕主觀的情感作用。同時他也有惡魔主義的傾向，像他的作品〈水晶球〉、〈眼的錯覺〉、〈屍駭之舞〉、〈鬼屋〉等詩都是怪誕奇異的作品。

藍星在五〇年代的詩壇擔任了制衡現代主義偏頗發展的角色，同時也扮演了護衛新詩被外在攻擊的尖兵。他們連續迎戰了兩場新詩論戰。

# 第一場新詩論戰

第一場論戰緣起於文壇宿耆蘇雪林教授（其時為成大教授）在民國四十八年六月出版的《自由青年》所撰「新詩壇象徵派創始者李金髮」一文。該文在最後說到李金髮的影響所及時稱：「大陸淪陷，這個象徵詩的幽靈又渡海飛來臺灣，傳了無數徒子徒孫，仍然大行其道。」並就《自由青年》所刊的一些作品舉例，說這些詩「文法完全談不上，晦澀曖昧到了黑漆一團的地步。」於是詩人紀弦首先提出側面抗議，並以其近作「未濟之二」為例作現身說法的注解。並強調「現代詩之一大特色，在難懂。」「在今天，詩人乃是一種專家，詩的讀者亦然。」接著覃子豪於八月一日出版的《自由青年》寫「論象徵派與中國新詩」，作正面的接戰，指出新詩的進步，未可抹殺，蘇氏的評語有失公平，並力辯臺灣詩壇絕非象徵派的殘餘或移植，而是「接受了無數新影響而兼容並蓄的綜合性的創造。」同時對新詩人自身亦提出了應檢討健全的忠告。蘇先生讀後非常不以為然，當即於八月十六日出版的該刊發表「為象徵詩體的爭論敬告覃子豪先生」，首稱她的文章「並未涉及臺灣目前詩壇像覃子豪先生等幾位名家，覃先生似乎有點誤會。」次即一一提出辯論，大半均屬有關象徵詩派的觀點問題，並謂「讀者之所以歡喜李金髮詩體而紛紛做他尾巴，並不是為此體詩較之創造社和新月派有更高明表現技巧與塑造意象的方法。實在是這體詩最易於取巧與藏拙，沒有天才，沒有學力，沒有知識都不要緊，祇要說些刁鑽古怪，似通非通的話便成。」又說：「我讀不懂那些詩，猶之乎我讀不懂巫婆的蠱詞、道士的咒語、盜匪的切口。」覃也接著在下一期發表「簡論馬拉美、徐志摩、李金髮及其他」一文作答，除了反覆辯論有關象徵派問題外，指蘇氏把詩作者比為巫婆、道士已欠嚴肅與誠意，比作盜匪賊子就簡直是在罵街。至再下一期蘇先生終於寫了「致本刊編者的信」，表示為了避免「罵街」的惡名掛出「免戰牌」，宣稱：「以後還是以少說話為妙。」該期另有一位自稱門外漢的撰寫「也談目前臺灣的新詩」，同意蘇氏的說法，呼籲詩人們走出象牙塔，走到群衆中去。覃乃在十月出版的一期《自由青年》發表「略論新詩的創作與欣賞」，總體答覆蘇先生和門外漢，說明他之分析象徵派詩的優點，說明象徵派的成就，祇是證實象徵派是法國詩藝進展中一個主要的過程，並未主張象徵派是中國新詩唯一的道路。中國新詩的風格不能從十九世紀的象徵主義去求，也不能從現代主義去求，而必須作新的自我創造。該文發表後，再未見任何人出面答辯，一場論戰終告停火。

# 第二場新詩論戰

第二場論戰是緊跟在蘇、覃論戰之後，四十八年十一月廿日起臺北中央日報副刊連續四天登載方塊作家言曦的「新詩閒話」。言曦從蘇雪林接獲匿名恐嚇信說起，泛指臺灣詩壇為「象徵派的家族」，並提出所謂「比較客觀的尺度」，說明詩的構成條件不外：㈠造境，㈡琢句，㈢協律。認為詩的「最低的層次是可讀，再上是可誦，最上一層是可歌」，據此尺度，而憂三五十年以後，中國將淪為沒有詩的國家。這四篇「閒話」一出，詩壇立即譁然，首先余光中在《文學雜誌》刊出「文化沙漠的仙人掌」，就「新詩閒話」中詩應可歌提出商榷。指出「詩中的許多思想性、神秘性，許多惟精惟妙的意象是不能，也不必『譜之以曲，被以管弦』。同時認為詩除了在情感上刺激並滿足讀者外，還有很寬廣的天地讓讀者去潛思冥想，與作者意會神合。」並舉例以證明「不可歌」的價值，遠高於可歌的詩。接著《文星雜誌》在四十九年元月出特輯，刊出九篇文章。余光中除寫「大詩人艾略特」介紹現代主義情形外，並與覃子豪、夏菁、黃用四人各以不同角度為受指摘的新詩辯護。盛成、張隆延、黃純仁、陳紹鵬四位教授則以客觀的態度認為批評應以「不薄今人愛古人」的觀點為之，他們肯定新詩的進步，雖反傳統，並未與傳統脫節。但陳紹鵬教授則褒貶互有，他把當時的新詩概分為四類，第一類是氣魄宏大，音韻動人，如余光中的〈鵝鑾鼻〉和〈虹〉，覃子豪的〈追求〉；第二類是反映現實生活苦悶和立意深刻，如楊喚的〈鄉愁〉，向明的〈野地上〉，方思的〈仙人掌〉；第三類是意象美，詞句凝鍊，如吳望堯的〈豎琴〉，夏菁的〈四月〉、〈正午〉，辛魚的〈我的音樂〉，覃子豪的〈向日葵〉；第四類是文字遊戲式、生澀的詩，如林亨泰的〈風景其一〉，向明的〈惑〉（註）。葉珊也在《大學雜誌》發表「自由中國詩壇的現代主義」為文辯論。到此論戰掀起高潮，言曦乃於四十九年一月八日至十一日再來四篇「新詩餘談」，針對余光中、黃用論文作正側雙面批評，中華日報副刊也有孺洪起而助戰，黃用受攻擊最烈。

二月一日出版的《文星雜誌》立即出了余、黃的接招「摸象與畫虎」，及「從摸象說起」，以及李素的「一個詩迷的外行語」三篇文章。余文反擊言曦的崇古病已入膏肓，復有根深蒂固的「藝術大衆化」觀念。認為詩之價值並不是欣賞者愈多，價值便相對地提高，是以「高山流水」之相互默契，「藏之名山」之偉大期待，為藝術情操的最高度表現。黃用則認為辯論應當在平等的基礎上進行，設若一方只用「不懂」代替辯詞，用曲解和武斷，乃至誣陷為立論的主要方式，則辯論無繼續的必要。他辯稱自己所說「預期一切傳統價值的崩潰」是稱現代詩預期一切「因襲的」價值的崩潰，其目的在創造出「現代的」藝術。這「傳統」是針對陳腔濫調、習慣性的品味、固定的情感、無紀律的浪漫而言。余黃兩文旁徵博引，洋洋灑灑，論據極為有力。論戰至此，言曦未再發言，似乎就此結束，誰知三月出版的《文星》卻又刊出一向緘默的詩人陳慧所寫「有關新詩的一些意見」，認為詩的可歌與不可歌均不足論詩的優劣，但對余光中的「不屑於大衆化」卻有微詞。陳紹鵬教授也發表「從閒話到摸象」，槍口瞄準了余黃某些論點，余光中乃在四月的《文星》上針對陳紹鵬提出「摸象與捫蝨」一文，認為論戰已由基本問題轉向瑣碎的枝節，方向亦有偏差。昔之摸象者，今已轉而捫蝨。新詩之存在，並不是憎恨或輕視所可取消。次則就言曦在其文中提到「公開詆辱與匿名恐嚇不過是不同形式霸氣的宣洩」一節，認為是節外生枝。關於陳慧，余光中未作正面答辯，祇稱他並未認為「可歌之詩一定不如不可歌之詩」，「易解之詩一定不如難懂之詩」。該期《文星》尚有錢歌川教授的「英國新詩人的詩」，陳慧的「現代，現代派及其他」。陳慧在本文的主要論點是：㈠現代派是一個流派，但不能代表所有的現代詩。㈡任何詩人都不妨有其可走之路，未必就非現代派不可。㈢現代詩的所謂壓縮與並列是由內發外的、重在精神，不在技巧與形式。㈣難懂不足詬病，費解才值得商榷。

本來已經休兵的言曦，讀了《文星》這二篇文章之後，又在四月十日、十一日兩天在中副連續寫了「詩與陣營」，極力推許陳慧、陳紹鵬、錢歌川的文章，並對余光中作「以子之矛，攻子之盾」的出擊，也製造一些臆想的氣氛。如特別指出余文中所提到陳余是多年朋友一事，認為「值得玩味」。此時四月中旬出版的《自由青年》也刊出兩篇談詩的文章，一是夏菁的「詩的想像力」，一是張明仁的「畫鬼者流」。張本身即是寫現代詩的人，卻在此文中自承前此所寫的現代派的詩是「畫鬼者流」。此文觸怒了現代派創始人紀弦，乃在《藍星詩頁》第十八期（四十九年五月號）發表「表明我的立場一文」，除指出攻擊新詩的人都是戴著「傳統詩觀」的有色眼鏡，不值一辯之外，並認為某大學生（按指張明仁）的挑撥離間起不了作用。現代詩、藍星、創世紀三大詩社已經團結在一起有如斯巴達的方陣。而另一在南部發行的《創世紀》詩刊也起而響應，在該刊十四期上刊出邵析文（白萩）的「從新詩閒話到新詩餘談」，針對言曦攻擊新詩的缺少音樂性及死抱定律，曲解王靜安人間詞話中「隔與不隔」作有力的攻擊。據說該文傳至言曦處後，認已難再向現代詩人抗衡，乃自此不再接戰。

（註）陳文刊出後，言曦先生隨即於「新詩餘談」中響應陳的看法，認為向明的詩〈惑〉劈頭第一句就寫「遂慢慢的凋落了」為「荒誕」。但余光中，黃用，邵析文（白萩）則分別於其接戰文字中為此詩辯解，認此乃現代詩中述說次序先後倒置的技巧，亦即舊詩中的「突起法」和「倒敘法」的運用。詩人張健並於二月十日出版的「藍星詩頁」十五期，以「談〈時代脈博〉與詩的濃縮」為題，認詩一開首使用「遂……」的句式，乃因在此之前的情境無加以交代或舖敘的必要，乃詩作者盡力將其內容予以濃縮的表現。但陳紹鵬先生並未為此說服，於三月出版的《文星》第廿九期又對此詩的寫作方法提出反面意見。陳慧先生於四月出版的《文星》第卅期亦對詩的「壓縮與並列」方法提出不同看法。同期余光中對陳答辯的文章中，則認一切學問皆可入詩，同時藝術形式的小說和電影技巧，更可酌予應用到詩中。因此詩用「遂」字為起句，絕不荒謬，而且值得加強試驗。

# 邁進詩的創世紀

創世紀詩社係民國四十三年十月，由三位當時尚在南部海軍服役的洛夫、張默、瘂弦三人共同發起。初期所出詩刊為卅二開本。在創刊號的發刊詞中，他們提出了三點主張：

一、確定新詩的民族陣線，掀起新詩的時代思潮。
二、建立鋼鐵般詩陣營，切忌互相攻訐製造派系。
三、提攜青年詩人，徹底肅清赤黃灰色流毒。

從創刊號到第十期（四十三年十月到四十七年四月），《創世紀》所走的路線都離不開這三點主張。至第五期出刊，該刊以社論方式發表了「建立新民族詩型之芻議」一文，指出新民族詩型的基本要素有二：㈠藝術的——非純理性的開發亦非純情緒的直陳，而是意象的表現。主張形象第一，意境至上。㈡中國風的東方味的——運用中國文字的特異性，以表現東方民族生活之特有情趣。當時向《創世紀》投稿的作者非常踴躍，從第一期到第十期發表的詩作總量約在八百首左右，其中不乏新銳之作。

但是《創世紀》真正起飛的時期是從民國四十八年四月擴張為廿開本的第十一期開始。其時正值現代派的狂飆時代已過，藍星他僅剩詩頁在繼續發行，他們利用此一真空時期，擴版為一大型同仁雜誌，廣泛羅致優秀的詩人和翻譯家。同時決定不再宣揚早期的所謂「新民族詩型」，而開放眼界，開始強調詩的世界性，詩的超現實性，詩的獨創性以及純粹性。真正繼「現代派」以推廣中國詩的現代化運動，開始大量引進現代西方各新型詩派的表現技巧，也刊載很多前衛性的實驗作品，譬如純粹詩的實驗，超現實主義的實驗。一時之間，與「現代派」、「藍星」形成鼎立之勢。這個時候《創世紀》網羅的詩人，除了創社三巨頭外，詩壇精英如季虹、商禽、葉珊、白萩、葉泥、李英豪、鄭愁予、葉維廉、辛鬱、楚戈、羊令野、沙牧、大荒、管管、碧果、梅新、彩羽、周鼎，均成為創世紀的主要作者。臺灣詩壇的許多重要作品，如洛夫的〈石室的死亡〉，瘂弦的〈深淵〉、〈從感覺出發〉，商禽的〈長頸鹿〉、〈天河的斜度〉，林亨泰的〈風景〉，紀弦的〈阿富羅底之死〉，葉珊的〈給愛麗斯〉，周夢蝶的〈濠上〉，季紅的〈鷺鷥〉，周鼎的〈終站〉，張默的〈關於海喲！〉，甚至余光中的〈西螺大橋〉都是在這個時候出現在《創世紀》上。尤其自第十二期起，由詩人季紅所寫的詩論「詩之諸貌」連載，其潛沉的分析，寓意的創建，為當時詩人們所極重視的一種詩學論著。不過創世紀這時的詩人組合有很顯著的兩大特點，一是同仁百分之八十都是來自原來現代派詩人群；二是同仁中絕大多數都是年輕的現役軍人。現代派與軍人間本應扯不上太多關係，但經這樣一結合，卻可看出現代主義詩的表現技巧，正切合當時來臺青年軍人內心無法道出的鬱悶的宣洩。也許我們可以拿當時尚是下級軍官的周鼎出道的那首名詩〈終站〉來舉例：

寂然

解脫於最後的喘息
以一種睡姿
以一種美

以遺忘

這首詩發表於民國四十八年十月出版的《創世紀》第十三期，作者顯然受著當時流行的「存在思想」的影響，人生的態度消極虛無，藉詩來詮釋人的終結，把死視為一種解脫，一種遺忘。而這種看法在當時精神鬱抑的環境下極為普遍。

# 其他詩的組合出現

五〇年代除了上述三大詩社領導風騷外，尚有下面幾個詩的組合：

一、南北笛詩刊：南北笛於民國四十五年四月一日於嘉義創刊，借商工日報副刊版面發行，初為旬刊，出刊到第十六期停擺，以後曾改為單行本。由羊令野和葉泥主編，為一純詩園地，無任何特別主張，在詩刊上出現的仍是南北兩地的詩人，完全和它的名字一樣。

二、海鷗詩刊：海鷗於民國四十四年出現在花蓮東臺日報星期日的副刊版面，主編係當時的青年詩人陳錦標，同仁有秦嶽、路衛、李春生等人，投稿者多係東部地區的詩家，詩人楊牧（葉珊）當年即受該刊影響，而跨入詩的王國。該刊曾編行九十餘期，後因報紙轉賣遷址而停刊。

三、今日新詩：今日新詩創刊於民國四十六年元月一日，係當時唯一詩人團體「中國詩人聯誼會」出版的一份詩刊，由上官予主編。以團結海內外詩人為宗旨，各方詩人均可發表作品。創刊號上就有紀弦、覃子豪、瘂弦、洛夫、吳望堯、阮囊、王祿松、艾苗等人作品。該刊僅出刊五期即沒再出現。

四、其他小型詩刊尚有臺灣大學的「海洋詩刊」，以政大同學為背景的「縱橫詩刊」等等。

# 詩集與詩選艱苦中出版

在五〇年代的這十年間，當時的物質條件雖然非常艱困，收入也普遍不豐，但仍有一百八十本詩集出版，且其中有六本詩選，分別是民國四十年七月由文藝創作出版社出版的《祖國在呼喚》，收入上官予、鍾雷等人的作品。民國四十二年八月由中國青年寫作協會出版的《呼喚的心靈》，收入青年詩人徐本智等人作品。民國四十五年元月創世紀詩社出版的《中國新詩選輯》，由洛夫、張默主選，收入楊念慈等百餘人詩作。民國四十六年元月大業書店出版的《中國詩選》，收入紀弦、覃子豪、余光中、夏菁等卅二人作品。民國四十六年十一月復興書局出版，中國青年寫作協會主編的《詩創作集》，收入上官予、方思、王祿松、向明等卅五家作品。民國四十九年五月明華書局出版，上官予編選的《十年詩選》，收入方思、白萩、李莎、余光中等當時詩壇一時之選的作品。出版的詩集中，藍星詩社出版十七本，現代詩出版十六本，創世紀五本，野風九本，大業書店六本。

# 五〇年代現代詩的省思與展望

一、五〇年代無疑是中國新詩從沉寂轉向興起的時代，從保守邁向開放的時代。這種全面性的詩的復甦，雖然必定遲早會隨著新潮流的湧入而來到，但無疑是紀弦所發起的新詩現代化運動而加速提前降臨。由於他所領導的現代派的刺激，連帶使得整個詩壇也汲汲於自身的改革與反省。儘管藍星諸君子當時對現代派的主張提出質疑，卻應該說是一種良性的制衡作用，其目的在防止詩人們向現代化的追求不至於如脫韁的野馬，走入偏鋒。

二、五〇年代新詩的現代化運動為臺灣整個的文化藝術產生全面現代化的影響。由於現代化詩的出現，才有現代文學的受人注意，才有現代繪畫、現代音樂的提倡。

三、五〇年代新詩的全面復甦，不但使得大陸來臺詩人重新復出，更重要的是：㈠培植不少青年一代的詩人，成為後來新詩壇的傳人。㈡提供本省詩人一塊理想的詩的園地，刺激他們創作，漸次適應以中文為寫作工具。「笠」詩刊的元老詩人陳千武曾經稱自本省光復至民國四十年之間的這七年，臺灣為「無詩、無覺醒、無思想的七年」（註）。因為語言的突變，使得他們的創作發生極大的阻礙。但從民國四十年開始本省籍詩人有了新詩的活動，像《新詩週刊》創刊後，大量本省籍詩人的出現，以及隨後各詩刊上，頻頻出現新一代的本省籍優秀詩人，都與當時新詩的蓬勃發展有關。

四、五〇年代新詩接受了外來的新的表現技巧，以及新的思潮，詩的最大傾向是不再是作齊一的發聲，而向個人極端的內在生命作探求，甚至是非邏輯性的、意識流的表達。這種表現成了逃避五〇年代巨大苦悶最適切的文學形式。因之當時的年青人，尤其是年青的大陸來臺軍人紛紛學寫現代詩，不無因為是現代詩可以用來發洩個人不可理解的、不便道出的、混淆、蒙昧的心理情結。

五、但是，當時蔚為風尚的現代主義，卻也迷惑了許多根本尚不真正瞭解現代技巧，且不具備表達那種經驗的詩人，他們為求表現自己也是現代前衛的一員，乃在精神上故意裝出一種鬱悶難解狀，而在文字上硬拼亂湊，誤把晦澀難懂當成現代精神。當時新詩的幾次受到攻擊，這種偽現代詩的大量出籠，不無直接原因。

六、現代派強調主知，打倒抒情主義，甚至認為如果有首詩竟有了百分之六十以上的抒情，就是要打倒的「抒情主義的詩」，祇有「抒情」分量百分之四十以下的詩才算是主知主義的作品。這樣的強調，很多盲目追求現代感的人，為了拿不住準頭，怕在詩中洩露感情，招來抒情之譏，因而一味不必要的壓抑自己抒情的本能。再加上存在主義和弗洛依德潛意識感的雙重導引，把本來應該適度宣洩的感情，嚴絲不露的秘藏起來，使詩變得冷漠如冰，缺少人氣；使得讀者更加不敢接近詩，詩人的孤絕感更加嚴重。這種發展深深影響到六十年代的詩，以後七十年代關傑明和唐文標對現代詩的嚴厲批判，以及後來鄉土文學的提出，無不是五〇年代部分現代詩離譜太過的一種反動。

（註）見「笠」詩刊第一一二期，陳千武寫「光復後出發的詩人們」一文。

博雅文庫

詩中天地寬

文庫主編◆吳涵碧
作者◆向明
發行人◆王學哲
總編輯◆施嘉明
主編◆葉幗英
美術設計◆吳郁婷
校對◆王國強

出版發行：臺灣商務印書館股份有限公司
台北市重慶南路一段三十七號
電話：(02)2371-3712
讀者服務專線：0800056196
郵撥：0000165-1
網路書店：www.cptw.com.tw
E-mail：cptw@cptw.com.tw
網址：www.cptw.com.tw

局版北市業字第 993 號
初版一刷：2006 年 3 月
定價：新台幣 300 元

ISBN 957-05-2027-2

詩中天地寬 ／ 向明著. -- 初版. -- 臺北市 ：
臺灣商務, 2006[民 95]
面 ； 公分. --（博雅文庫）

ISBN 957-05-2027-2(平裝)

1. 中國詩 - 歷史 - 現代（1990- ）
2. 中國詩 - 評論

820.9108 94026518

# 讀者回函卡

感謝您對本館的支持，為加強對您的服務，請填妥此卡，免付郵資寄回，可隨時收到本館最新出版訊息，及享受各種優惠。

姓名：________________ 性別：□男 □女

出生日期：____年____月____日

職業：□學生 □公務（含軍警）□家管 □服務 □金融 □製造

□資訊 □大眾傳播 □自由業 □農漁牧 □退休 □其他

學歷：□高中以下（含高中） □大專 □研究所（含以上）

地址：□□□________________

________________

電話：（H）________________ （O）________________

**E-mail**：________________

購買書名：________________

您從何處得知本書？

□書店 □報紙廣告 □報紙專欄 □雜誌廣告 □DM廣告

□傳單 □親友介紹 □電視廣播 □其他

您對本書的意見？（A／滿意 B／尚可 C／需改進）

內容____ 編輯____ 校對____ 翻譯____

封面設計____ 價格____ 其他________________

您的建議：________________

________________

________________

臺灣商務印書館

台北市重慶南路一段三十七號　電話：（02）23713712轉分機50～57
讀者服務專線：0800056196　傳真：（02）23710274・23701091
郵撥：0000165-1號　E-mail：cptw@cptw.com.tw
網址：www.cptw.com.tw